奇蹟寄物商3

她的青鳥

大山淳子

許展寧 譯

あずかりやさん 彼女の青い鳥

目次

踩到貓了

「一天是一百圓。」

老闆的清脆聲音，讓店內這股和平過頭的氣氛頓時上緊發條。

我感受到了救贖。

「等你很久啦，老大！」我試著這麼大喊，老闆卻聽不見我的聲音。

更重要的是，老大又是什麼？

我的知識幾乎是從夥伴身上借來的。我雖然聽過「老大」這個詞，卻不曉得那究竟是甜的還是酸的。我只知道在說完「等你很久啦」之後，緊接著就會出現這個單字。

我不太清楚這個世界的事。因為我實在太年輕了。畢竟我三星期前才剛出生，而且還是今天早上才正式加入大人的行列。

我是熱騰騰剛出爐的新鮮大人。

「請問要寄放幾天呢？」

老闆一如往常地與客人冷靜對峙，沒有表現出坐立不安或是興高采烈的情緒，也沒有幹勁十足的樣子。不對，呃，應該不是這樣說。他隨時都很有幹勁。以平常心在保持幹勁。我當然懂得這點小事，我現在是個大人，已經累積了三星期的經驗，又從夥伴們的身上繼承好幾年份的記憶了。

話說，今天老闆從早上開始就一直對著文几在讀點字書。

上午的營業時間是早上七點到十一點。由於這段期間一個客人也沒有，老闆便在不受任何干擾之下讀點字書，讀完後才暫時闔上了書。我興致勃勃地望著老闆，心想著他接下來要做什麼呢？會不會秀個倒立給我看？然而令人難以置信的是，我看見他打開書，把手指放在點字書上，開始從第一頁摸了起來。

他竟然又重新讀起同一篇文章了！

真是愚蠢。

算了，其實我也很了解。我明白老闆就是這樣的人。

他不會為結果乾著急，總是悠悠哉哉地過生活。我實在很懷疑他究竟有沒有上進心。以剛出生滿三星期的我來推斷，老闆就是個和平愛好者。與其計較得失，他更愛好和平；比起善惡，他選擇把和平擺在第一順位。換句話說就是秉持著「船到橋頭自然直」主義。

我自己是這麼認為：

這個世界最困難的事，就是惹老闆生氣。

這個世界最簡單的事，就是惹我生氣。

這家店裡的所有傢伙都被老闆感化成了和平主義者。門簾無論晴雨，都會露出不正經的詭異笑容吊掛身體；老舊的擺鐘一到固定時間，便會發出砰砰聲響。他其實也可以偶爾展現一下自我風格，換成叮咚噹咚或鏘鏘鏘鏘的聲音嘛。還有玻璃櫃也是，一點也不會歇斯底里地裂開，老是裝模作樣地保持透明感。

在這個悠哉的國度裡，我是獨樹一格的暴躁鬼，一有什麼事就會大發脾氣，就算沒事也會氣沖沖的。

因為這個緣故，我從上午開始就累積了不少鬱悶情緒。我都已經這麼不耐煩了，老闆卻是老神在在，彷彿閱讀也是寄物商的工作之一，讀書讀得好起勁。

讀書根本賺不了錢也填不飽肚子。換句話說，老闆把自己的心思都花在「打發時間」上了。

老闆十分沉得住氣。我猜他的氣大概有三公尺長吧。而我的頂多只有三毫米。

我覺得氣的長短與壽命有著非常密切的關係。我的壽命差不多是兩個月，現在已經用掉將近一半了，所以為了避免浪費時間，我總會忍不住心急起來。

由於自己的經驗有限，我會透過夥伴的談話來了解世界，把我出生以前的歷史吸收成自己的知識。我們這一族跨越了世代，彼此共享記憶，記憶會傳承給後代子孫，所以死亡一點也不可怕。畢竟本來就是設計成每兩個月就要死一次的模式，死亡對我們來說已經是家常便飯了。

世間萬物只要一出生，生命便開始在倒數計時，連人類也不例外。然而和我們相比，人類的倒數過程實在太漫長，簡直被當成了背景音樂，他們平常都不會特別注意吧。

如果我是老闆，發現開門營業了一小時都沒有客人上門，一定會祭出一些對策。

我可能會在店門口這麼喊吧。

「照過來、照過來。您有什麼想要寄放的東西嗎？有沒有什麼放著占空間、每次看到都覺得礙眼，卻又捨不得丟掉的東西呢？如果有的話，歡迎拿到寄物商這裡來。一天一百圓，什麼東西都可以寄放。要寄放幾天幾個月還是幾年都不成問題。每寄放三十天就免費贈送一天。那邊的同學。不要不理我嘛，請停下腳步仔細聽我說兩句。本店也有提供學生折扣，大學生一天九十九圓，高中生九十八圓，國中以下的學生則是破盤價九十五圓。付一百圓還能找五圓。」

無論我怎麼叫喊，想必也不會有人停下腳步吧，因為人類不但聽不見我的聲音，光要找到我的身影就很不容易了。

你問我是何方神聖？

我的身分就是寄物商社長的——呃，該怎麼說好呢？親信。沒錯，就是親信。

社長的地位比老闆還要高，這是一個社會常識。身為店裡最了不起的社長親信，若要問我和老闆的階級誰比較高，這個嘛，應該可以說我們是同事吧。

實際上，寄物商的制度中並沒有提供學生折扣。

老闆連一圓也不會降價，也不會在店門口叫賣。他不以結果至上，而是站在老實保守的那一派。店裡的大小事全由他一手包辦。那社長平時的職務是什麼呢？因為他實在太偉大，通常不是吃就是睡。

到了下午開店的三點時刻，老闆準時掛上門簾，立刻就有客人出現了。是今天的第一號客人。

回到最前面說的。

老闆現在正在那間比地板高一點的和室房裡與客人對峙。雖然前面鋪陳得有點長，但是接下來才是最關鍵的「現在」。

聽到老闆問著「請問要寄放幾天呢」，客人豎起三根手指。

只是豎起手指是沒辦法與老闆溝通的，因為老闆的眼睛看不見。

「要寄放三天。」

客人旁邊的客人代替客人說話了。豎起手指的是小客人，說話的則是大客人。看來大客人一定就是小客人的媽媽了。

有一隻無精打采的長頸鹿正供在老闆與兩位客人之間。說是長頸鹿，其實就是一隻玩偶，並不是活的。以前店裡保管過全身油膩膩的招財貓，長頸鹿的大小就和那個差不多。長頸鹿的脖子是歪的，整隻看起來十分沒有精神。不但身上盡是黑色污漬，連裡面的棉花也是塌的，所以脖子才會歪向一邊。

「人家為什麼會被拿來寄放啊？」

長頸鹿似乎很不知所措。

「人家是不是做了什麼壞事啊？」

看上去也像在煩惱的模樣。

「人家已經厭倦人生了。」

感覺上又好像在表現這樣的心情，歪斜的脖子道盡了一切。

「那麼就麻煩您事先付清三百圓了。」

老闆說完，小客人便啪的一聲打開掛在脖子上的黃色錢包，用弱不禁風的手指抓出裡面的東西，放在老闆大大的掌心上。

那是又圓又扁平的透明物體，顯然不是錢幣。

「那是彈珠石哦。」我的夥伴輕聲說。

不用你說我也知道。我雖然是第一次親眼目睹，但是這個東西有出現在傳承的記憶裡。玻璃製的彈珠石。是人類小孩會用手指彈打的玩具。是想要填肚子也沒辦法的東西。老闆的掌心上就放著三枚彈珠石。

老闆一臉認真地說道。

「如果三天之後沒有來領取，東西便會歸本店所有，這樣沒問題嗎？」

客人點點頭，妹妹頭造型的亮麗黑髮隨之搖擺。這個人是不是發不出聲音啊？

媽媽代替小客人說話了。

「謝謝你這麼配合。我說了這家店的事情後，小孩子就一直吵著想來寄物。」

看來媽媽以前曾在這家店寄放過什麼吧。

我的記憶裡面沒有這一段，畢竟我們也不是隨時都待在店裡，即使把夥伴的記憶全都收集齊全，也不一定能完全掌握店裡所有客人。社長有時候會像今天這樣待在店裡，有時候也會出門到處走走，跑到商店街的其他店家找東西吃。身為親信的我們會和社長共同行動，這段時間就不會知道店裡發生了什麼事。

「請問貴姓大名？」老闆問完，小客人第一次開口了。

「伊莉莎白。」

媽媽在旁邊呵呵笑了。

「他不是在問寄放的物品，而是指寄放人的名字啦。應該要說自己的名字才對哦。」
原來如此，人類這種生物就算具有親子關係，也無法一起共享記憶，所以才會出現學校之類的地方。大家必須孜孜不倦地學習。每次一出生就要從頭開始教育，人類真是沒有效率的生物。
「優子。」小客人說。
「那麼優子小姐，本店會小心保管伊莉莎白的。」老闆說。
母女倆走下和室房，穿好了鞋子。
「路上小心。」老闆說。
「我們會再來的。」
她們竟然準備要回去了。
「妳們別開玩笑了！」我破口大罵。
妳女兒在這裡寄放了玩偶。而且預計三天後回來拿吧？我話先說清楚了，這裡可不是在玩扮家家酒，是寄物商啊。是保管物品的專業人士。別拿什麼彈珠石，給我乖乖付清三百圓吧。如果女兒付不出來，就由當媽媽的來付。老闆可沒有在耍兒戲，寄物商就是他的職業。妳們現在做的事情，等於是去蔬果店買蘿蔔卻拿出彈珠，去拉麵店吃叉燒拉麵卻拿出氣球，上理髮廳剪頭髮卻拿出襪子吧？嗯？不會用襪子來比喻嗎？還是手帕？算了啦，我的重點就是——

這種行為是犯罪吧？

保管行為等同勞動，當然會產生等價的費用！

氣沖沖的我決定給客人一點教訓。

我先輕輕咬了社長一口，社長發出了喵喵叫聲。我算準媽媽瞥向社長的時機，從社長背上縱身一跳，緊緊撲到長頸鹿的頭上。因為不確定媽媽的動態視力能不能捕捉得到身長兩毫米的我，這算是一個相當大的賭注。撲在沒血沒淚的玩偶身上對我一點好處也沒有，但我知道人類——尤其女性特別忌諱我們的存在。

值得慶幸的是，我那精彩的一跳成為了足以威脅媽媽的演出。

「呀啊！」

媽媽發出了尖叫聲。

在我的記憶史上，這是第一次有女性的尖叫聲迴盪在寄物商的店裡。這家店裝有火災警報器，卻沒有尖叫警報器。要是真的有的話，現在一定會嗶嗶作響吧。

平常總是沉著冷靜的老闆好像也慌張了起來，我聽見他倒抽一口氣的聲音。

「這家店到底是怎麼管理衛生的？」

媽媽將女兒帶到店外避難，接著獨自回到店裡，用手帕摀著嘴巴抱怨。這是差點讓人以為店裡瀰漫著毒氣瓦斯的過當防衛。

「請問怎麼了嗎？」

老闆的聲音很冷靜。不曉得是不是這樣的冷靜觸動到對方神經，只見媽媽又拉高了八度音，發出轉上好幾圈的高難度假音。

「你剛才難道沒看見嗎！」

媽媽才說完最後一個字，便露出尷尬的臉色。她立刻發現自己對盲眼老闆說了一句很過分的話。而說到老闆本人，他則是很識相地假裝什麼都沒聽到，覺得只要媽媽沒發現自己失言就好。

這個世界最困難的事，也許就是傷害老闆的心。

老闆不會受傷。也因為不會受傷，才不會動怒。老闆看似柔弱，說不定其實擁有一顆猶如鋼鐵般強韌的心。

對於眼睛看不見的人來說，大家可能早已習慣這種事了。人類是把多數決當成神明祭拜的生物，只是因為人數比較多，便處處迎合眼睛看得見的人來打造社會。賞月、賞花、賞煙火。這幾件國民盛事，簡直是把眼睛看不見的人當成局外人了嘛。

話說局外人又是什麼東西？

「我們不要那隻長頸鹿了。」

媽媽調整好聲音說道。

「跳蚤是傳播疾病的媒介，我不想讓孩子接觸到跳蚤。請你直接處理掉長頸鹿吧。」

「媽媽！人家不要！」

彈珠石妹妹擔憂地探頭窺視店內，並放聲大喊。

「伊莉莎白是人家的好朋友。人家沒有要送給叔叔。到了後天的明天，人家就會來拿回去啊。」

伊莉莎白的歪脖子彷彿轉眼之間伸得直挺挺的，可能察覺到自己並不是因為不受喜愛才被拿來寄放，心裡鬆了一口氣吧。不過說實話，畢竟真的已經很舊了，所以脖子還是明顯地歪向了一邊。

儘管如此，老闆竟然被稱為了「叔叔」啊。在分不清彈珠石和金錢的年紀裡，十幾歲的少年是大哥哥，年紀過了二十歲就算叔叔了吧。

老闆究竟是幾歲呢？

根據夥伴們的記憶，老闆是在十七、八歲左右的年紀開了這家店，之後經歷了一段相當長的歲月。他現在應該差不多三十歲了吧？對於只有兩個月壽命的我來說，老闆簡直活得沒完沒了。難道他都不會覺得膩嗎？

「伊莉莎白身上有跳蚤啊。」媽媽說。

「跳蚤是什麼?」

「是一種骯髒又危險的東西哦。」

結束對話後，今天的第一號客人便離開了。大的拉著小的，急得像是要逃離火場般地匆匆離去。

老闆跑到了店外，低頭鞠躬說：「真的很抱歉。」他保持這個姿勢，好一陣子沒有抬起頭來。門簾像在安慰老闆「不要在意」，不停地左搖右晃。

我本來想給媽媽一個教訓，結果反倒讓老闆吃了苦頭。

老闆不顧現在還是營業時間就卸下了門簾。

接著他拿起長頸鹿消失在後面的房間。我聽見喀噠喀噠、洗洗唰唰的聲響。過了一會兒還冒出了水流聲。老闆似乎在清洗玩偶。大概是用肥皂打出泡沫之後，經過一番搓揉，現在正在用水沖洗吧。我平安無事，早已跳回社長的背上，待在耳朵後方的位置痛快暢飲。

社長是一隻白貓。現在正使出貓咪本色，一邊打著大呵欠一邊伸懶腰，然後抬起後腳搔了搔耳後。我被撥到榻榻米上，又飛快地跳回社長的尾巴上。

社長就這樣讓我掛在尾巴上步出了店外。

店門外是明日町金平糖商店街。這裡有咖啡廳和鮮肉店，還有文具行和拉麵店，街頭林立著各種老舊商店。午後時分的路上有放學回家的學生和主婦，氣氛還算熱鬧。社長就像把這裡當作自家開的馬路，大搖大擺地走在路中央。

這條商店街上也有其他貓，大家一起和平共處。不曉得這附近有沒有完全被養在室內的貓。若是完全待在室內的話就不會出現在街頭，所以我並不太清楚那方面的情況，就我所知的貓都自由自在地在商店街閒晃，也會聚在附近的公園裡。就像隨處可見的麻雀，這裡也到處看得到貓，大家已經完全融入在風景之中。平常商店街的人們並不會特別注意貓，但不曉得是不是我的錯覺，我總覺得今天的社長受到了許多注目禮。

有人甚至還用手指來說出「是社長耶」、「你看，就在那裡」之類的話。

社長是這隻白貓的名字，我覺得名字就具有鞏固地位的力量，目中無人的態度正是社長的代名詞。因為社長是女的，她才會這麼高高在上也說不定。像我們這一族也是，女人的態度都特別傲慢，體型也長得較大。我們每個男人都明白女人就是這種生物，所以不會起身反抗。這就是讓種族茁壯繁殖的祕訣。

從今天受到的注目來看，社長的個人意識似乎與民意相互一致。

也許她已經從寄物商的社長高升為明日町金平糖商店街的社長了。社長的權力可能大到讓大家不得不向她行注目禮的程度。

我是社長的親信。換個方式來說，是一種節肢動物，也是一種昆蟲，是這個國家最常見的體外寄生蟲。簡而言之就與優子媽媽說的一樣，我是一隻跳蚤。

首先是住在社長身上的老媽產下身為蟲卵的我。當時我曾一度滾落到寄物商的和室房榻榻米上。老闆很愛乾淨，每天早上都會用抹布擦拭榻榻米，連坐墊也會拿去曬一曬，所以我的夥伴幾乎在蟲卵的階段就被消滅了。我是剛好被門口吹來的風掃過，滾進了榻榻米邊緣的縫隙，才驚險逃過一劫。在我默默成長為幼蟲、結成蟲蛹、屏氣凝神地物色寄生的好所在時，社長剛好在今早開店前躺在榻榻米上，於是我趁機變異成大人，跳到了社長身上。

長大的過程似乎被稱為羽化，可是我們沒有翅膀，取而代之的是後腳相當發達，具有非凡的跳躍能力。吸過社長的血之後，我大概可以保住接下來一個月的生命。

無論如何，有社長才有現在的我們。她必須健健康康長命百歲。儘管我們背負著繁殖任務，但是想在寄物商這裡進行繁殖實屬困難。正如我先前所說，老闆會辛勤清掃各個角落，也時常洗衣服，所以大部分的跳蚤在蟲卵階段就會被淘汰，只有像我這種幸運兒才有辦法跳回社長身上。根據以上所述，住在社長身上的跳蚤並不多，大家喝掉的血量也沒有多少。只要社長一不舒服，她的血就會變得難喝，所以我們與社長可說是維持著恰到好處的關係。

我當然不會誇口說這是互利共生。我們是單方面地接受社長的恩惠，無以回報。頂多只能祈禱社長身體健康，以這種無形的方式報恩。

在這條商店街上的貓之中，只有我們社長身邊有跳蚤隨行。現在的飼主普遍會在貓身上灑藥驅蟲。只要灑一次藥就能把我們一網打盡。

寄物商的老闆並不是傻瓜。他在保管客人物品的後面房間下足了工夫，擺了防蟲劑、防黴劑、除濕劑等等，保護得滴水不漏，可說是把優子媽媽提到的「衛生」管理得十分徹底。但僅限於保管物就是了。

老闆不會在自己睡覺的房間和店面灑藥。他雖然會打掃，卻不會執行防蟲作業。老闆偶爾會點蚊香，可是每次要用到火就會耗費龐大精力，所以他鮮少使用。藥劑會殺死蟲子。有時候店裡會保管獨角仙或蝴蝶，也曾經有人寄放過金魚和鳥類。所以為了避免傷到保管物的性命，他才刻意打造出能讓昆蟲生活的環境吧。

老闆本人對蟲子毫無防備，被蚊子叮到也不塗藥，用手搔一搔就算了。不過我們有規定，絕對不能吸老闆的血，這是跳蚤的家訓。

桐島透的肌膚不容侵犯。

桐島透就是老闆的名字。我其實搞不懂訂定家訓的祖先有什麼企圖。

在寄物商的擺鐘附近住著一隻蜘蛛，她好像是從空中飛越而來的。我不會在空中飛，因為我沒有羽毛。我一直覺得不會飛是很正常的一件事，可是蜘蛛身上也沒有羽毛，依然能飛在空中。她會飛的祕密似乎就藏在吐出來的絲線裡。

是不是只要有心，連我也能做得到呢？

不曉得在空中飛是什麼感覺。只要吐出勇氣來取代絲線，是不是就飛得起來？

蜘蛛是從明日町公園的橡樹上乘風飛來，降落在寄物商的藍色門簾上，接著侵入店裡。她好像從此之後就再也沒有到外面了。

蜘蛛會吃蟲子，想必對蟲子很友善的寄物商，會是個相當舒適的地方吧。她會抓小蟲吃，肩負著調節店內蟲子數量的任務。她一直待在店裡，肯定比我們更熟悉寄物商的事。我雖然也有事想問問她，但一旦靠近就會被吃掉，所以我都會保持一段距離。

啊，有隻體格強壯的黑貓靠近了走在商店街的社長。

那是咖哩店養的碰太。這傢伙很喜歡社長，總愛把身體黏上來。今天也是。

唰啪！

突然之間，我聽見一聲巨響。

被嚇到的社長往旁邊跳去，身上的白毛全濕透了。

「不要黏上去！」

咖哩店的店員把水管的出水口朝向這裡，惡狠狠地大吼。

社長捲起尾巴飛也似地逃了回去，一衝進寄物商的店裡，便左搖右晃地地把身上的水甩出去。我奇蹟似地平安無事，因為我剛才待在社長的耳朵裡面。

「喂，大家還好嗎？」

我沒有聽到回應。

夥伴們隨水而逝了，除了我之外全軍覆沒。因為跳蚤特別怕水。

竟然會變成這樣！

我在一瞬之間變得孤苦伶仃，不但再也無法補充記憶，也沒有辦法繁殖了。

咖哩店的混帳，你竟然做出這種事來。如果不希望兩隻貓黏在一起，就把水潑在你家的貓身上啊。

我突然覺得好害怕。死亡被拉到近在眼前的距離。

我必須面對沒有夥伴繼承記憶的現實。生命終將結束。

有些人類討厭貓。

比方說拉麵店就討厭貓。店裡明明擺著招財貓，他們卻討厭活生生的貓，曾經拿著水桶朝我們潑過來。當時社長巧妙地轉身一閃，只有後腳被淋濕一點，但這次卻是從頭到腳都濕透了。水管的威力真是驚人。既然咖哩店有養碰太，就表示他們是愛貓一族，平常也不會做出這種事。他們以前還拿紅蘿蔔的尖端餵過愛吃蔬菜的社長，也曾對社長說：

「偶爾也陪碰太玩一下嘛。」

今天是怎麼一回事？

仔細想想，商店街的人看向社長的視線也很詭異。原來那不是表示讚嘆，而是嫌棄的眼神嗎？

今天社長突然變得不受歡迎了。

這到底是怎麼了？

寄物商突然沒有客人出入了。

雖然生意本來就沒有特別興隆，可是像這樣半個人影都沒有的情況，大概是開業以來頭一遭。

就算沒有客人上門，老闆也一如以往老神在在。時間到了就掛上門簾，過了時間就卸下門簾。打掃得細心周到，表情也是平靜溫和。

對我而言猶如苦行的單調日子持續了一段時間。

社長被水攻擊之後大概是學乖了，完全不打算離開店裡一步。她總是在無趣的店面和後面的私人區域來來去去。社長對於無趣的適應能力遠高於我，然而她還是比不上老闆的樂觀，擺明閒得不得了。社長一旦覺得不順心，血就會變得難喝，所以我開始著急地想要扭轉這個情勢。

已故的媽媽曾說，寄物商的存在就像森林裡的清澄湖水。

儘管我沒有實際見過森林和湖水，但我的祖先原本就是待在那樣的地方，現在也有很多夥伴住在那裡，因此我的腦中能浮現出彷彿親眼目睹的湖水風光。

湖水只是待在那裡而已，像鏡子一樣倒映著景色，默默不語地待在那裡。不會像河川那樣潺潺流過，也不會像大海那樣掀起浪花。不過，一有水鳥降落就會出現變化。這時候的鏡面會浮現陣陣漣漪，是模樣相當美麗的漣漪。

這些漣漪就是湖水的氣息。

客人歸零的寄物商彷彿沒有水鳥到來的湖水，在我眼裡只是一面磨得亮晶晶的鏡子，毫無生氣。

那是發生在客人歸零之後的第三天晚上。當門簾被卸下，商店街的燈火開始逐漸熄滅時，社長輕巧地溜出窗子，登上了寄物商的屋頂。

弦月掛在夜空上綻放光芒。

我為了炒熱氣氛，開口唱了幾句「月亮出來啦出來啦，月亮啊出來啦，唷咿唷咿[1]」，然而社長一眼也不瞧月亮，也沒發出半點聲音，眼睛緊盯著隔了幾間屋子遠的咖哩店屋頂。

黑貓碰太就在那裡。碰太的眼睛閃爍著金黃色彩，光芒好似月亮。他的臉上彷彿掛著一對雙胞胎的滿月，那張臉像是在對這裡傳送什麼訊號。而社長正用她冷冽的藍眼接受訊號。碰太沒有出聲，社長也沒有出聲，僅僅只有金黃色和藍色的視線在激起無形火花。我原本以為他們在用眼神吵架，可是隨著時間經過，我漸漸覺得他們是在互相關懷。

兩隻貓在沒有正面交鋒之下度過了一晚。

隔天和再隔天也沒有客人上門，直到第七天晚上才有了變化。

在打烊之後沒多久，相澤女士就來了。她並不是客人。相澤女士是個年過五十的阿姨，是過來送點字書給老闆的義工。她今天也帶了十分厚重的點字書。平常她都是在營業時間來拜訪，今天還真是稀奇。

老闆露出開心的微笑。

「我現在就去泡茶，妳慢慢坐。」

畢竟已經一星期沒有客人了，他一定很想和人說說話吧。

在老闆到後面泡茶的這段時間，相澤女士面露不同以往的兇狠目光看向這裡。所謂的這裡當然是指社長，而社長本人正悠哉地窩在房間角

1 日本民謠《煤礦小調（炭坑節）》中的歌詞，是常出現在盂蘭盆節活動上的曲目。

落蜷成一團。

相澤女士以前因為眼睛生病，曾經動過手術。現在已經康復，但她應該還是看不見身長兩毫米的我吧。不過為了預防萬一，我依然潛進社長的白毛深處，把自己藏了起來。

相澤女士一下用手掌撫摸著榻榻米邊緣，一下又把鼻子湊近手掌聞著味道。社長並沒有要接近相澤女士的意思，她原本就不是很親人，更何況這天的相澤女士散發著殺氣騰騰的氣場，好像一靠近就會被她吃掉一樣，瀰漫著危險的氣息。

老闆用托盤端著熱茶和點心回來了。小盤子裡放著兩塊羊羹。相澤女士用竹籤叉起來吃得津津有味。原本在盤子裡看起來很巨大的羊羹，卻一口消失在相澤女士的嘴裡。羊羹說不定具有在空中移動縮小的特性。

相澤女士吃完羊羹後，喝了口熱茶。

「啊啊，太好喝了。桐島泡的茶真是極品。讓疲累都飛走了。」

相澤女士到底在累什麼呢？是生活很累嗎？還是打點字很累呢？人

類常常把累這個字掛在嘴邊，我卻一點感覺也沒有。

老闆摸著新的點字書，微笑道：「真是感激不盡。這是我從以前就很想讀的書。」

「我倒是讀得很頭痛啊。」

相澤女士皺起了臉。

「如果腦袋好的話或許能樂在其中吧。對我這種不學無術的人來說根本一頭霧水啊。我讀到一半甚至開始覺得渾身不舒服。而且我一定要提一下源五郎蟲[2]。」

源五郎？是古代小說嗎？

「說到那個源五郎蟲的幼蟲有多殘忍！啊啊，真討厭。我都要沒有食慾了。」

妳現在會沒有食慾，是因為剛才一口氣把羊羹吃個精光吧？

2 龍蝨。龍蝨科的水生昆蟲。日文原名為ゲンゴロウ，漢字寫作「源五郎」。

老闆興致勃勃地跟著聊了起來。

「源五郎蟲的幼蟲。我記得是把自己的消化液注入獵物的體內吧。真讓人出乎意料啊，竟然用胃酸攻擊食物，人類根本想不出這種點子。」

「其實那也不算是源五郎蟲自己動腦想出來的吧。」

相澤女士板著臉認真地反駁老闆。

我個人贊同相澤女士的意見。

「不過話說回來了，你以前就知道源五郎蟲的幼蟲會使出那種『手段』了嗎？」

「我並不是很清楚細節，只記得高中的生物課好像有教到。」

「我沒讀過高中，所以都已經這把年紀了，還完全不曉得源五郎蟲的幼蟲有這種『手段』。這麼說來，每個高中畢業的人，平常都會很小心源五郎蟲的幼蟲嗎？」

「不不不，沒有那回事。」

見老闆忍不住笑意，噗哧一聲笑了出來，相澤女士開口問道：「哎呀，你想起什麼好笑的事了吧。遇到什麼好事了嗎？」她是一個不懂玩笑的老實阿姨。老闆收起了笑容。

「我猜大部分的人應該都不懂源五郎蟲的生態。我雖然說自己是在高中學到的，但這說不定是我記錯了。我讀高中的時候讀遍了圖書室的書，那也許是我在書裡得到的知識。這本《所羅門王的指環[3]》，因為當時沒有點字書，所以我一直很想讀讀看。」

「看到書名有『指環』，我還以為是個浪漫的愛情故事，就隨興地決定將它改成點字書了。我覺得自己好像被暗算了啊。」相澤女士心有不甘地抱怨。

「我剛動手點譯沒多久就察覺到不對勁，發現這根本不是我能應付的書。我平常在打點字的時候，會順便享受讀書的樂趣，但這次卻無法樂

3 動物學行為之父康拉德・勞倫茲（Konrad Lorenz）的著作。

在其中。」

「讓妳做得很辛苦嗎？」老闆憂心忡忡地問。

「是有一點辛苦啦。我猜桐島說不定對這方面有興趣，剩下都是靠毅力讓我撐到最後。」

「真是謝謝妳。」

聽到這句誠心的道謝，相澤女士露出了微笑。那是以工作為傲的人才會有的表情。

「故事裡出現的全是動物。話說我根本也沒養過動物……無論貓狗，我都不太擅長應付啊。」

相澤女士用兇狠的目光瞪著社長。

老闆看起來一臉納悶。相澤女士有時候會帶柴魚給社長，對社長十分友善，現在卻說自己不擅長？

難不成相澤女士也突然討厭起社長了嗎？

老闆八成不曉得社長現在在商店街變得不受歡迎了吧。連我也不曉得原因是什麼。不但突然受到排擠，還被人用水潑得一身濕，簡直就像被霸凌一樣。我聽說過人類界會發生這種事，但沒想到連動物界也是。把其中一人排除在外，讓周遭產生連帶感。老媽說這種現象容易發生在集團邁入衰弱的時候。現在的跳蚤界，流傳著霸凌就是社群滅亡前兆的傳言。

店內一片寧靜。擺鐘的擺錘喀噹喀噹地響著，發出像是要填滿空間的聲音。

「最近這陣子，店裡都沒什麼客人上門對吧？」

相澤女士擺出蓄勢待發的表情率先開口了。

老闆靜靜地回答：「是啊，是這樣沒錯。」

「你知道原因嗎？」

老闆沒有要回答相澤女士的意思。他是不知道答案嗎？還是他其實知道，卻在猶豫要不要說出口？總之我是不曉得答案。我好想知道。知道之後就能擬定對策了。

「原因就出在社長身上啊。」

相澤女士斬釘截鐵地說道。她是不是不知道貓有長耳朵？看吧，社長的耳朵現在顫動了一下。社長一定沒有料想到是自己害得店裡陷入這般窘境，精神上也受到相當大的打擊吧。人類老是以為只有他們自己擁有意識。

「現在流言都傳開了。大家說寄物商養的貓長了跳蚤，跳蚤會跳到客人寄放的東西上，這可是現在商店街的大新聞哦。」

咦？妳說什麼？

出生剛滿一個月的我從來沒有這麼震驚過。

相澤女士！妳說的是真的嗎？

那原因根本不是出在社長身上嘛！

是我的關係！

相澤女士那股要把人吃掉的視線並不是對著社長，而是對著肉眼無法瞧見的我嗎？

「你知道有遠道而來的客人一看到佈告，就打道回府了嗎？」

「佈告？」

「之前店門外的牆上就被貼了『內有跳蚤』的告示。」

老闆猛地彈跳起身來，跳躍力簡直和跳蚤差不多。

「你不用擔心。我昨天已經先撕下來了。」相澤女士說。

老闆連聲道歉，露出心神不寧的臉色，緩緩地坐了下來。

「我沒有注意到告示。」

老闆打消原本還想再多說什麼的念頭，閉口不語。

是我害的！

我的表演嚇得優子媽媽大呼小叫，有人聽到她的叫聲後再告訴別人，那個別人又跟其他人說，一個人接著一個人傳下去，這件事就傳遍大街小巷了。

難怪社長那時候會被水潑，寄物商也因此變得沒有客人。

被貼告示是有人在惡作劇，還是故意找麻煩？附近人家的家門口就貼著「內有惡犬」的告示，雖然養的只是膽小的瑪爾濟斯，那張告示還是能有效嚇阻小偷和推銷人員，因此屋主才會故意自己貼上去。現在換成了「內有跳蚤」，趕跑客人的效果更是一絕吧。到底是誰？是誰對寄物商懷恨在心？

這下不好了！

寄物商會不會就此被流言打倒關門大吉？

我是社長的親信。寄物商的貓有跳蚤是事實，我也很清楚人類十分嫌棄跳蚤。可是我從來沒有吸過老闆一滴血，也沒對客人做過任何壞事，沒事更不會附著在客人寄放的物品上。我雖然有跳到長頸鹿身上，但那只是表演而已……

原來是這樣！所以才會變成這樣……的確是這樣沒錯……

就是那場表演搞砸了。

我們不會給社長以外的人找麻煩。我猜老闆其實很清楚這一點，所以至今才會對我們睜一隻眼閉一隻眼。這次顯然是我打破了規矩，全都是我的錯。

「現在有一種好東西哦。」

相澤女士從包包裡拿出一樣小東西，並讓老闆握在手上。

「這是驅除跳蚤的藥。只要在社長脖子附近的皮膚上點幾滴藥就好。社長不會痛也不會癢，你一點也不需要擔心。聽說藥劑會在二十四小時後滲透到全身皮膚，徹底驅除掉跳蚤。我現在來幫你處理吧。可以嗎？」

社長趁相澤女士話還沒說完，一溜煙地逃離現場，登上寄物商的屋頂。所以我不曉得老闆在那之後回答了什麼。

社長為什麼要逃走呢？明明相澤女士的殺氣不是針對她，而是衝著我來的。

今晚也看得到月亮。模樣又圓又黃，幾乎稱得上是滿月了。我回想起碰太的目光，可是他今晚不在。今天的夜晚靜悄悄的。

現在待在屋頂上的只有社長和我。商店街的燈火逐漸熄滅，到了半夜後只剩下路燈的光芒而已。聽說這個國家有不夜城的存在，那裡好像二十四小時燈火通明，不過這裡依舊會有夜晚到來。這裡是會入睡的城鎮。又黑又冰冷的瓦片屋頂讓我聯想到森林的湖水。

沒有掀起漣漪的平靜湖水在今晚莫名讓人心曠神怡。

倒映在湖面的月亮與天上的月亮是同一個模樣嗎？映照在湖面之後，會不會突然變成新月的形狀呢？就像消失在相澤女士嘴裡的羊羹也會變小一樣。鏡子會原原本本地映出物體的模樣嗎？在寄物商這裡又是如何呢？

來光顧寄物商的客人在回去時都會變得有些不同。明明手腳數量和頭髮顏色都沒有改變，卻總覺得哪裡怪怪的。

如果我是在森林出生的話。

我不但不會被劇毒追著跑，還能任意享用野鹿和山豬的血，可以平安地盡享天年吧。

唔——可是所有一切都是我種下的果。

月亮與人間的紛擾無干，靜靜地綻放耀眼光芒。社長在原地一動也不動。說不定社長是在為我製造逃跑的機會。

我還能趁現在遠走高飛。

一陣舒適宜人的風吹了過來。社長閉上了眼睛，鬍鬚不停在搖擺。風在盛情邀約我。

我想乘著風飛向天空，像蜘蛛那樣翱翔。

蜘蛛是利用絲線來乘風移動，而我則是把勇氣託付給了風。我雖然愛生氣，實際上卻沒什麼勇氣。就算真的乘風起飛也會立刻精疲力盡滾落到屋頂上吧。

但是這樣就夠了。儘管只有一瞬間，我還是可以追逐夢想。我乾脆就此跳離社長的毛，讓風替我作主吧。

我想像了一下自己想去的地方。身邊少了出借記憶的夥伴，不過只要我努力發揮想像力，就能讓自己彷彿在高空俯瞰著各式各樣的街景。每一塊土地都生生不息，人和貓還有蟲魚草木都全心全意地在活著。

我一邊俯瞰這些光景，一邊越飛越遠，朝遠方而去。

我的想像越來越龐大。

有森林。有山谷。身旁有蒼鷺飛過。

原來如此，在空中飛就是這麼一回事啊。飛翔本身並不具有深刻意涵，僅僅只是移動方式而已。是為了目的地而飛，抵達目的地之後才有意義。

我到底要飛向何方呢？

已經飛膩的我開始調降高度。奇妙的是，我竟然飛抵了藍色的門簾。裡面就是寄物商，客人笑瞇瞇的，老闆和藹可親，社長則是在睡午覺。

出生以來第一次知道什麼是疲累的我，在這個目的地發出一聲嘆息，並鑽進了社長的白毛裡，接著暢飲一番。社長的血就是美味。

我的想像到此結束。

乘風起飛之後的目的地，是有客人光臨的寄物商。看來這似乎就是我的盼望。

我現在所在的這個地方就是我的未來。

隔天早上，老闆和往常一樣在七點掛上門簾。

在屋頂上待了一整晚的社長從後門走進店裡，登上老闆的文几蜷成一團。文几的底下放著驅蟲藥。那應該是相澤女士放的吧。

老闆一登上和室房，便注意到社長，和她道了一聲早安。接著他坐在文几前面，輕輕撫摸著社長的後背。老闆的冰涼手掌在又白又圓的溫熱後背來回游移。這個動作，彷彿是在讀點字書一樣。老闆可能正在讀著社長的心。

老闆輕聲說：「這不會痛哦。」並用右手拿起了驅蟲藥。雖然他是在對社長說話，我還是應了一聲。

社長像是做好心理準備似地閉著眼睛。今後她會過上沒有任何損失，也不會失去任何一滴血的日子，未來一片光明。但社長畢竟與我的代代祖先有長久的交情，對於我的死應該還是多少會有所感慨吧。

老闆右手上的驅蟲藥慢慢靠近了社長的後頸。我已經先行移動到社長尾巴了。藥會在二十四小時之內浸透進全身皮膚。讓我再多活個二十三小時吧，我不會轉而跳到老闆身上，也不會逃往榻榻米，我決定以寄物商社長的親信之姿而生，以親信之姿而死。這是我乘風飛行之後做出的結論。能在這個遼闊世界選擇來到這裡，我覺得十分驕傲。

「不好意思。」

門簾搖晃，有名女子走進來了。

「歡迎光臨。」

老闆關上驅蟲藥的蓋子，迅速起身迎接客人。藥水一滴都還沒落下。

客人在和室房坐下來，說了聲「你好」。她的聲音聽起來很親切，又帶著熟稔的語氣。難不成她不是客人，而是老闆的朋友嗎？

「請問您今天要寄放什麼嗎？」老闆說。她果然還是客人啊。

「我要寄放這樣東西。」

客人從鮮豔的藍色布包中拿出一個四角扁平、尺寸頗大的物品遞給老闆。老闆接下之後，用修長的手指仔細地四處撫摸。客人則笑臉盈盈地望著老闆。

她好像不是第一次來光顧。長長的黑髮在身後紮成了一束。不曉得她的年紀幾歲？看上去明顯比相澤女士年輕許多，但又比優子年長不少，差不多是優子媽媽的歲數吧？年紀大概還不到中年，能算在年輕人的範圍裡，感覺比老闆稍微年輕一點。然而她卻沒有年輕的氣息。該怎麼說呢，看起來就是……有一點操勞的樣子。

身材沒有過胖或過瘦，穿著暗色系的服裝，打扮得乾淨整齊，沒有髒髒的感覺。長相端正。我除了端正之外想不到其他詞彙來形容。沒什麼其他特徵。

「我的名字是……」

客人沒把話說完就閉上了嘴巴，像在試探老闆似地歪了歪頭。

「是櫻原聰美小姐吧。」

「對！」

客人露出燦爛的笑容。只是被喊了名字，她的表情卻像中了一百萬，臉上掛著幸福無比的笑容。她是不是相當喜歡自己的名字？也許她是在開心老闆記住了她的名字。老闆記得所有來過店裡的客人。不管是老爺爺或老奶奶，他一樣一次就能記住。他都是聽聲音來辨人。

「這是一張老唱片。」櫻原聰美愉悅地說。

「是穆索斯基的《展覽會之畫》。演奏者是維也納愛樂管弦樂團。你知道穆索斯基嗎？」

老闆把手上的唱片盒輕輕放在榻榻米上。

「知道，我聽過這首曲子。」

「真的嗎？是在哪裡？是聽管弦樂團嗎？」

「我聽過鋼琴的現場演奏。」

「感覺很棒耶。」

「不是在音樂會上，只是聽別人在練習而已。」

「你喜歡嗎？」

「咦？」

「我是說穆索斯基。」

「我對音樂不是很了解。」老闆頓了一下，說：「但那真是一首好曲子。」緊接著他開口問道：「請問要寄放幾天呢？」

老闆一副想繼續寄物流程的樣子。

「你知道《跳蚤之歌》嗎？」

櫻原聰美沒有回答問題，自顧自地延續話題。

「好像原本是源自於歌德的詩。穆索斯基為詩譜曲，並作為歌劇中的一首曲目。聽說詩的內容很有意思。」

我開始期待了起來。是什麼樣的詩啊？

「有個國家的國王十分寶貝跳蚤，沒錯，國王把跳蚤當成王子那樣在寵愛，為牠精心準備大衣，讓牠過上奢華生活。之後跳蚤變得神氣起來，自以為大臣似地大搖大擺……人民見到跳蚤這副模樣，都把牠當成笑話在看。」

我聽得很不愉快。在我耳裡聽來簡直是這個意思：社長就像國王，對我百般寵愛，甚至不吝於把血分享給我；於是我變得趾高氣昂，擺出大臣——也就是親信的架子得意洋洋起來，商店街的人都把我當成笑柄。

「惡劣聰美」。我幫她取了這個綽號。

接著「惡美」聊起哥德的《浮士德》。她滔滔不絕地說著，不過中間仍是冒出了短暫的空檔，好像還說到口乾舌燥，咳了幾下。

「請問要寄放幾天呢？」

老闆再度詢問。「惡美」回答：「一星期。」工作總算有一點進度了。老闆迅雷不及掩耳地說：「那麼寄物費總共是七百圓。」我對於加快工作進展的老闆深表佩服，然而「惡美」卻沒有要拿出錢包的意思。

「你應該知道《踩到貓了》這首曲子吧？」

她又換了一個話題。

在文几上打著瞌睡的社長一聽到貓這個字便抬起頭來。

「這首曲子在德國叫《跳蚤圓舞曲》，荷蘭則是《跳蚤行進曲》哦。」

是哦，原來是這樣啊。我的心情變得愉悅許多。

今天是跳蚤話題總動員。一下子是歌劇，一下子是圓舞曲，一下子是行進曲，以世界標準來看，我的地位說不定還蠻高的。櫻原聰美小姐，謝謝妳提供了相當令人歡喜的資訊。我要把那個綽號撤回，妳太了不起了。

「這我就不知道了。」

老闆似乎打消了繼續工作的念頭，配合地開口附和「是啊」、「這樣啊」、「原來如此」、「是哦」，做出恰到好處的反應。

多虧她的光臨，我得以苟延殘喘，還聽到我們跳蚤曾經撼動藝術界的光榮事蹟，太讓人驕傲了。雖然我現在被鄙視和嫌棄，但我已經明白要是生逢其時，自己理應會是成為名曲主題的存在，心裡覺得痛快多了。

好啦，最後櫻原聰美還是付了七百圓，乖乖離去。

她究竟是何時回去的？當時擺鐘砰砰砰地敲了十一下，老闆便不好意思地說：「上午的營業要告一段落了。」這時候她才露出如夢初醒的神情，從錢包裡拿出七百圓放在老闆的掌心裡，道了聲再見。

她竟然在這裡待了四小時之久。

由於這裡是內有跳蚤的店家，店裡沒有其他客人，就成了她一個人包場的狀態。

她不是拿彈珠石，有用硬幣乖乖付錢，所以我認定她是客人。可是感覺上還是怪怪的。客人到這裡寄物的時候不會說「拜拜」。都是說「下次見」或「麻煩你了」。

拜拜？

不過算了。

好了，午休時間到了。社長現在待在玻璃櫃上面。以前的寄物商是一家和菓子店，玻璃櫃就是當年留下來的。

玻璃櫃裡放著一臺音樂盒及一本兒童讀物。老闆卸下門簾後，從玻璃櫃裡拿出音樂盒，轉上發條，打開盒蓋後擱在榻榻米上。

猶如七彩水珠滴滴落下的樂音頓時環繞整間店。社長從玻璃櫃跳了下來，在榻榻米上蹭著後背，身體扭來又扭去。因為社長最喜歡這首《夢幻曲》了。曲子聽起來的確是不壞。

可是我喜歡更活潑一點的曲子。不曉得《跳蚤行進曲》或《跳蚤圓舞曲》是什麼樣的曲子呢？在日本是叫做《踩到貓了》嗎？我雖然沒有聽過，但既然是以跳蚤為主題，想必是一首輕快的樂曲。絕對比《夢幻曲》還要棒。

一曲終了，社長心滿意足地坐在文几上。老闆把驅蟲藥滴在社長的後頸了。動作乾脆又俐落，事情就這麼結束了。

我決定待在尾巴等待死亡的到來。

隔天就有事情發生了。這天我還活著。

今天也沒有客人來。老闆正準備結束上午的營業，而我已經做好道別的心理準備了。只要像湖面掀起美麗漣漪那般想像明天店裡擠滿客人的模樣，我的心情便豁然開朗許多。寄物商就是我的未來，所以我不想看到這裡淪落到關門大吉的地步。

好了，砰砰鐘聲響了十一下，當老闆伸出修長的手要卸下門簾時，一個男子氣勢洶洶地衝了進來。我本來打算靜靜地離開人世，結果現在又發生了什麼事嗎？

「歡迎光臨。」

老闆才剛開口歡迎他，男子便高聲大喊。

「長頸鹿呢？長頸鹿平安無事嗎？就是長頸鹿！差不多這麼大！」

老闆請這位激動的客人登上和室房，然後自己匆匆進到後面，拿著長頸鹿回來了。

我一開始還認不出來那是優子寄放的伊莉莎白。伊莉莎白比剛寄放的時候更加亮麗，就像新買的那樣軟綿綿，散發淡淡的肥皂香氣，但脖子依然歪向一邊，成為自己就是伊莉莎白的證明。

通常老闆只會把保管物交還給當時拿來寄放的本人。他遵守著保密義務，也不會對外透漏有人寄放了什麼物品。不過這個長頸鹿以三枚彈珠石寄放了三天，現在早就過了期限，依照約定，這已經是屬於老闆的東西。所以他才會拿出來給別人看吧。

男子拿著玩偶自言自語：「啊啊，太好了。」他的聲音像是從喉嚨深處硬擠出來的，讓人看了想附和他：「雖然搞不懂怎麼了，但實在太好了啦。」

站在和室房裡的男子卸下緊張神情，並聽從老闆的建議坐了下來。他是個高壯黝黑的男子，不像會出現在商店街的類型。

男子說他是優子的父親。只要看長相就能知道他不是說謊。他們長得一模一樣。他三年前和妻子離婚，在那之後便分開生活了。他說這個布偶是一年前送給優子的生日禮物。

「我和女兒每個月會見一次面。當初合約就是這麼訂的。」男子說。

原來家人之間還會訂合約啊。人類真是麻煩的生物。

「昨天是我和女兒見面的日子，可是她卻沒有帶這個來。她每次和我見面都會抱著這個。我本來以為女兒已經玩膩了，並沒有想太多，然而她卻看起來很難過。她哭著說這個被放在寄物商那裡，已經不能再拿回來，因為媽媽不許她碰。所以我就和優子說，爸爸會代替她來拿。我們打了勾勾，她才總算笑了出來。後來我約了前妻，向她問了寄物商的事。我已經好久沒有單獨和她說話了。」

不曉得男子是不是餘情未了，他臉上露出了微笑。他並沒有以妻子稱呼，而是規規矩矩地稱為前妻，那一瞬的他卻顯露出哀愁。但我很受不了那個歇斯底里的阿姨啊。

「我們時隔三年在咖啡廳一邊喝著咖啡，一邊心平氣和地談了女兒，以及目前為止發生的事。我們三年前只知道互相指責，現在卻已經懂得在談話中顧慮對方的心情了。我從她那邊聽說了許多這家店的事情。談到我與女兒最重要的布偶，她則是說店裡的人幫忙拿去處理掉，現在已經不在了。我並沒有責備她，我沒有勇氣回嘴。總之我現在已經不想再和她爭執了。」

我在一旁答腔說：「我懂我懂。」

「回家之後，我上網搜尋過，可是不管怎麼找都沒有一樣的布偶。只好死馬當活馬醫地跑過來。啊啊，太好了。真的很謝謝你留下它。」

「由於本店服務不周，讓布偶沾上蟲，所以我下水洗乾淨了。令千金似乎很寶貝這隻長頸鹿，都喚它為伊莉莎白。」

優子爸爸不好意思地笑了笑。

「其實我的工作是在豪華郵輪伊莉莎白女王號擔任船長。」

「原來是這樣啊。」

老闆老實地應聲附和，我則是小聲地說了聲「騙人」。

「沒有啦，當然只是玩笑話。」

優子爸爸搔了搔頭。

「這是我在那孩子面前的身分。我的身分就是豪華郵輪的船長。我們離婚之後，前妻就是這麼告訴孩子的。應該是想作為無法和父親一起生活的理由吧。因為前妻有一點愛慕虛榮，這麼做或許是想讓孩子的父親看起來不平凡吧。我的確是在船上討生活的人沒錯，但我上的船是漁船，職務也不是船長。這是漁船停靠在國外港口時，我去玩抓娃娃機消磨時間抓到的玩偶。我騙女兒說這是在伊莉莎白女王號的土產店買的。我不是故意要騙她，只是尊重女兒母親的謊言。所以那孩子才會稱呼這隻長頸鹿為伊莉莎白。」

「真是一段佳話。」

「哪裡是了？應該是個笑話吧。我以自己的職業為榮。有一天我會跟優子說：爸爸是搭船去抓好吃的魚，在世界各地到處旅行。」

「這樣很好啊。」

老闆笑臉盈盈地點點頭。

看吧，他又來了。老闆從頭到尾都在稱讚對方。即便這個人說了謊，他也說是一段佳話；就算對方吐露了真心話，他也表示很好。老闆的和平思想一點操守也沒有。

優子爸爸突然壓低聲音，一副難以啟齒地開口了。

「聽我前妻說，她好像在三年多前給這家店添了很大的麻煩。」

老闆臉上的笑容消失了。

「這件事是真的嗎？」

優子爸爸露出探聽消息的臉色問道。

經過一段沉默之後，老闆說：「本店有保密義務，無法透漏客人寄放了什麼東西。」

「可是你把布偶的事都告訴我了啊。」

「其實令千金是因為好玩，才會把布偶拿來寄放。我收到的寄物費只是彈珠石。由於是一場遊戲，所以我剛剛才會告訴你。不過太太的事情是我工作上接觸到的資訊，恕我無可奉告。」

老闆說得堅決，讓我覺得有點訝異。

老闆真有骨氣！

原來他真的有骨也有氣啊！

優子爸爸嘆了一口氣說：「我很擔心她啊。」

「三年前我們離婚的時候，優子才剛滿一歲。她竟然把那麼小的孩子給——」

優子爸爸沉默了好一會兒，才終於下定決心般猛然抬起頭來。

「她好像曾經把那孩子寄放在這裡。」

老闆不發一語。

「她都說了。說她三年前寄放優子的時候，還以為這家店很值得信賴，她是這麼告訴我的。當我問她寄放優子是什麼意思，她便滿臉嫌惡地換了話題。所以來到這裡之前，我一直猜想這裡是家名叫寄物商的托兒所，以為有家托兒所取了這個名字。可是這裡並不是托兒所吧。」

優子爸爸暫時閉起了嘴巴。他的眼睛底下有黑眼圈，一定是太擔心沒有一起同住的女兒，胡思亂想了許多壞事，心裡很著急吧。

「雖然只是我的猜想，她當時是不是打算把優子丟在這裡？她是不是曾經一度丟下優子，最後又回心轉意把人接回去？我本來想問她這件事，但要是我意氣用事地質問，就會變成是在責備她，重蹈三年前的覆轍。她是一個不會承認自己有錯的人。我和她根本談不下去。」

優子爸爸憤慨地丟下這一段話。看來他並沒有要與前妻復合的打算。

老闆說：「任誰都會有這樣的一面。

「為了生活拚死拚活的時候，偶爾也會稍微有一點小差錯。要是被人戳到這個痛處，任誰都會不高興吧？或許就是因為平常很努力，才會不甘心認錯。」

老闆竟然在幫那個歇斯底里的阿姨辯護。既然如此，我就來幫老闆辯護一下。

「像寄物商也是，老闆每天秉持著誠意在工作，用心良苦的程度無人能及，只不過是出現一隻跳蚤，何需忍受外人對店裡的衛生指指點點。然而老闆卻誠懇地認錯並道歉了。我覺得老闆真是了不起！」

啊啊，不過沒有人聽得見我的聲音。

優子爸爸繼續說了下去。

「你說的或許也有道理，可是我卻大受打擊。雖然已經是三年前的事了，但她怎麼就捨得丟下孩子，就算只有一天而已。我們在爭奪撫養權的時候，她和我吵得你死我活，最後好不容易從我身邊奪走寶貝女兒，卻因為照顧不來，狠心丟下孩子不管。」

老闆立刻開口解釋。

「這裡並不是讓客人丟東西的店。本店是寄物商。」

老闆的聲音看似平和，卻能強勁地傳達給對方。

「本店一定會請客人事前付款。一天一百圓，什麼都可以拿來寄放。在約定的期限內，本店會誠心誠意地保管。我覺得無論在這裡寄放了什麼，都是因為客人十分珍惜那樣東西，才會選擇光臨本店。」

「可是……」

「優子小姐也來寄放了伊莉莎白，所以您今天才會到這裡不是嗎？如果優子小姐不愛伊莉莎白，就不會發生這樣的事了。」

優子爸爸猛然一驚，倒抽了一口氣。

「優子小姐完全不記得三年前的事。既然她不記得了，那就等於沒有發生過。」

老闆口氣強硬地說完，接著又露出溫柔的笑臉。

「我猜太太這次會來，是想讓我看看令千金已經長這麼大了。我的眼睛雖然看不見，但我可以用心去感受。她們是十分相愛的母女，我想您一定也很明白才是。我很高興過了這麼久還能再見到她們。她們難得來一趟，卻因為本店待客不周，而受到驚嚇。太太當時十分生氣，對本店感到相當失望。她就是這麼寶貝令千金啊。可以麻煩您幫我轉告給太太，告訴她現在伊莉莎白身上已經沒有蟲了，請她儘管放心嗎？」

優子爸爸沉默了一會兒，總算是接受了老闆的話，最後一臉豁然地說：「好的，我會轉告給『前妻』的。」

「說得也是，請幫我轉告您的『前妻』。」老闆微微一笑。

優子爸爸小心翼翼地拿著伊莉莎白站起來。就在此時，忽然傳來一陣噹噹、噹噹噹地輕快樂聲。這是商店街在抽獎前會播的音樂，平時常聽見，是我非常喜歡的曲子，每次聽到都會讓人興致高昂。

優子爸爸懷念地說道。

「我唯一會用鋼琴彈的曲子，就是這首《踩到貓了》。」

你說什麼？

原來這就是《跳蚤行進曲》啊！又別名《跳蚤圓舞曲》！

噹噹、噹噹噹、噹噹、噹噹噹。

什麼嘛，我早就知道這首曲子了。我從出生就聽到現在，一直聽著這首歌頌我的曲子。原來如此啊。真想把這件事說給其他夥伴聽。

老闆走到店外目送優子爸爸離開。

我的意識開始變得模糊。時間終於差不多了。我一點也不覺得痛苦，只是漸漸放鬆自己的身體。

我在死前明白了一件事。

老闆看似悠哉，但他做任何事其實都放遠了目光、經過一番審慎思考後才去做的。

有個故事叫做龜兔賽跑。講述腳程快的兔子在賽跑途中溜去睡午覺，反而讓慢吞吞的烏龜先一步抵達終點，是個讓人跌破眼鏡的故事。我就是那隻兔子。我因為氣得奮力一跳，最後得到了教訓。

像老闆這樣的人，才有辦法腳踏實地地抵達目的地。

我聽著噹噹樂聲，最後映入眼簾的是從門簾縫隙看過去，老闆那張精明的側臉。

桐島，拜拜囉。

彈力球

姊姊，院子裡的櫻花現在還沒有開。雖然已經冒出花苞了，但看起來還沒要開花的樣子。

今天早上，我披上了黃色罩衫出門。

這是能讓人更顯精神的顏色，所以我沒有再套上大衣。一出家門右轉走五十公尺左右，就可以看見田中家的山茶花籬笆，經過那裡時，一陣強勁的風突然朝我襲來，冷得我全身直打哆嗦，差點連腳步都要走不穩。我立刻後悔了。早知道就穿上大衣了。

姊姊，妳在笑嗎？

這實在很像我的作風吧？姊姊還曾經笑過我，說後悔就是我的拿手絕活。在那之後，姊姊有板著一張臉向我道歉：「對不起笑了妳。」但其實我很高興，我還希望妳多笑一點。笑容是美好的，我特別喜歡姊姊的笑臉。

除了擅長後悔，我想姊姊也知道我不習慣修改自己的行動，所以我頭也不回地繼續越過馬路，再往下走了一百公尺。我在佐藤家的院子發現了蒲公英。佐藤家就是養了那隻白色小狗的人家。他們都喚牠亞當，可是我們覺得一點也不合適，一起幫牠想過別的名字。姊姊叫牠雪兵衛，我則是叫牠波奇。牠今天不在這裡，大概是去散步了吧？在波奇的院子裡，有一朵蒲公英開花了。從蒲公英的表情看來，它似乎很驚訝自己竟然比大家早一步出社會。大概就是猜拳的時候只有自己出布，其他人都出剪刀，類似這種被人擺了一道的心情吧。看看這朵孤伶伶的蒲公英，它的顏色和我身上披的罩衫一樣。

我找到披上這件黃色罩衫的意義了——就是讓沒有朋友的蒲公英放下心中的重擔，告訴它：「你並不孤單，我也是黃色哦，我也搞錯時節了。」既然有意義的話就不用煩惱了。不管多冷我都忍得下去。

但我還是要告訴姊姊，春天真是出乎意料地冷啊。我很健忘，每年春天都會被低溫驚嚇一次。因為我在冬天的時候都會很想念春天，總覺得春天就是溫暖又舒服。

今天是去明日町金平糖商店街入口處的微笑堂買東西的日子。

那是一家販賣百圓商品的店。我昨天去了車站對面的百圓商店，前天則是去了隔壁鎮上的百圓商店，所以這是我時隔三天來到微笑堂。如果可以的話，我真希望天天來微笑堂買東西，可是我沒辦法這麼做。

因為我不想被店家當成詭異的客人。天天來這裡報到，每次又只買三樣商品的話，一定會惹人嫌的。

我是個正經老實的人。姊姊也是這麼認為吧？我這輩子從來沒有偷過東西，沒有打過或是踢過人，也沒有詛咒過別人遭遇不幸。然而我經常惹人生氣。

昨天我到櫃檯結帳，想從錢包裡掏出一百圓，卻不小心讓硬幣滾到地上，撿的時候頭又撞到花車，把花車上的幾樣商品也弄掉了。那是裝了兩百根棉花棒的透明圓筒盒。我記得好像掉了三盒，幸好裡面的棉花棒沒有撒出來。我正想彎身去撿，這次換錢包裡的錢掉了出來。因為我的錢包還是開的。

排在我後面的大叔嘖了一聲。大叔的手上只握著一個電池，他只是要買一樣東西，我卻害他花了好長時間。大部分的百圓商店都只有一臺收銀機，一個客人出亂子就會立刻讓隊伍塞車。我連聲道歉讓他先結，並因為察覺到自己的臉羞恥得泛紅，而垂下頭來。

我動作遲鈍又少根筋，很容易像這樣給周圍的人添麻煩。儘管內心端正老實，我卻不是一個優秀的人。應該沒人會想待在我身邊吧。

所以我會提醒自己盡量少犯錯，想辦法讓自己不要太醒目。避免惹人生氣的祕訣，就是要懂得融入社會。我不能讓任何人知道我每天都會固定去百圓商店買三樣商品。

好了，到微笑堂了。

我最愛這家百圓商店的原因之一，就是每次來這裡都沒什麼客人。我可以在店裡慢慢逛，給別人添麻煩的可能性也會降低。我好像真的沒在這家店出過差錯。

我相信今天的幸運色是黃色，便決定這次都挑黃色的東西。

我提起店裡的購物籃開始物色候選商品。

我先繞了一輪店內，只用眼睛瀏覽。第二輪才會拿在手上細細觀賞，第三輪則是把商品放入購物籃裡。結束第三輪之後，購物籃裡裝滿了候選商品。這時候的我嘗到了無與倫比的幸福感，彷彿自己是帶著孩子出門的花嘴鴨一樣。花嘴鴨媽媽不是都抬頭挺胸，看起來信心滿滿的嗎？畢竟生了那麼多小孩，當然會為自己感到驕傲嘛。可是要養大所有小孩實在很不簡單，牠說不定也曾經在萬不得已之下，拋棄過好吃懶做或是不成才的小孩。

我也是一樣，其實現在開始才是最辛苦的步驟。我必須在這一整籃候選商品中挑出三樣，因為法律規定一天只能買三樣。這是我自己制定的法律，只適用在我身上。

我遵守國家的法律，不偷竊也不殺人。我會等紅綠燈轉綠後再過馬路，選擇不開車來預防自己不小心違反限速規定；為了避免一不留神就失手買車，我甚至謹慎到連駕照也沒去考。

我發現光是遵守國家法律還不夠，便自己制定了法律來遵守——在百圓商店買東西，一天最多只能買三樣商品。我好像隱約聽到姊姊笑著說：「竟然還限定三樣，簡直就像奧運一樣嘛。」

姊姊，一點也不一樣哦。

在奧運場上只有三個人可以登上頒獎臺，其他人無論多麼優秀或多麼努力，仍然無法登臺。因為僅能選出前三名，竟然連獎牌也不發給其他人，實在是太過分了。所以我才不看奧運，一想到無法登上頒獎臺的人，就會讓我覺得好辛酸。

不過在我籃子裡的商品並不會遭遇這種悲劇。就算沒有被選中，也只是不會來我家而已。與其來到我家，倒不如留在微笑堂等著被別的客人買走還比較幸福。

好了，我要把購物籃裡的商品一一放回架上了。這就是第四輪的步驟。想起家裡有類似的就放回去，覺得自己其實沒有很喜歡的也放回去。結束第四輪之後，籃子裡剩下塑膠的黃色馬克杯、黃色菜瓜布、黃色作業手套、黃色牙刷和黃色彈力球。減少到五樣了。全都是我喜歡的款式。因為今天的我最愛黃色了，每一樣都想買下來。真想乾脆全都買回去算了，實在無法挑出其中兩樣放回架上。

用完會消失的就留在籃子裡，看起來不會消失的則放回架上。這是我最後的評判標準。

我首先把馬克杯放回架上了。就算用這個杯子喝了五次水，杯子也不會消失。接下來是彈力球。小小一顆，拿起來卻很有分量，感覺不會消失，對我也沒任何用途。現在仔細想想，我這輩子從來不覺得自己會需要彈力球。不對，我的確有一次需要它，就是剛才把它抓進購物籃的那一刻，我就認為自己需要它。我大概是覺得，不顧一切地將彈力球砸向水泥地面，再看著它彈回來，是一件很痛快的事。「不顧一切」或者「覺得痛快」，這些都不像我的作風。我不需要這樣東西。

從籃子裡抓出彈力球準備放回架上的時候，我的手滑了一下。黃色的球像是要逃離商品架似地落到地面，又以驚人的氣勢彈跳起來。這個速度超越我的想像，已經不是「覺得痛快」的程度，而是讓人嚇到「口吐白沫」了。於是我全神貫注地抓住它。我抓住了。因為我是用兩手抓的，購物籃便掉到地上，不過球已經在我的手中了。我突然對乖乖來到手中的黃色彈力球產生感情，胸口深處彷彿燃起了溫暖的火焰。

我聽見一陣啪啪啪的拍手聲。

站在收銀臺前的店員正看向這邊鼓掌。我立刻就後悔讓自己這麼醒目了。這樣不行。我要在後悔的情緒像沙塵暴那般吞噬自己之前逃離現場。我把彈力球放進購物籃，走向櫃檯。我要快點離開這裡才行。

「總共是四百圓。」聽到這句話，我懊惱地想著自己搞砸了，但還是付了四枚百圓硬幣。我婉拒店家提供的塑膠袋，把商品放進手提袋裡。

我被自己觸犯法律的行為嚇到了。我不小心多買了一樣東西。儘管那是只適用於自己的法律，但法律就是法律。我的胸口好難受，心裡想著要離開店裡，卻跨不出腳步。

「請問您是不是身體不舒服呢？」

店員一臉擔心地靠近了我。是一名年輕女子，身上穿著黃色上衣。

是很深的黃色，顏色不像蒲公英，更接近金盞花的黃色。我因為顏色而放下了戒心，不由自主地開口詢問她。

「我可以把剛才買的其中一樣東西放回店裡嗎？」

「要退貨嗎？沒有問題哦。」

我被退貨兩個字嚇到了。退貨是修改行動的行為。我不擅長修改，因為要是在修改之後後悔的話怎麼辦？我又會像是遭遇沙塵暴那般地陷入後悔的情緒中。我沒辦法相信自己，不曉得接下來該採取什麼行動。我已經束手無策了。

「我不是要退貨……我想等明天再把其中一樣東西帶走。」

「等明天？」

「希望妳不要覺得我很奇怪。因為一天最多三樣。我不能把四樣東西都帶回去。」

店員壓低聲音說：

「因為會被家裡的人罵嗎？」

「是的，沒有錯。」

我會被自己罵，內心會覺得好後悔，所以我想把其中一樣放回去。我從手提袋裡拿出黃色彈力球。那是一顆小小的球，小到一握在手裡就會看不見的程度。我竟然要為這種小東西麻煩人家。以國家的角度來看，這根本是一件微不足道的事；從宇宙的運轉來思考，可以整個藏進手裡的黃色等同於沒有一樣。我知道自己這樣很愚蠢，但我就是不想帶回去。我抗拒到胸口揪成了一團，卻又沒辦法拿去丟掉。我總覺得不管選擇哪條路，後悔一定都在前方等著擊垮我。

店員露出滿臉歉意的表情。

「我也很想幫您保管，可是本店今天就要結束營業了。」

我望向店員手指的方向，看到眼前貼著告示。

本店將於三月十五日結束營業。感謝各位過去的光臨。

我錯愕了。

店裡各個角落都貼著有關結束營業的告示，我明明在店裡繞了四圈，眼睛到底看到哪裡去了啊。是不是就算看到，我也沒有看進腦袋裡呢？還是我有看進腦袋，卻從記憶中消失了呢？

「為了通知客人這個消息，我們貼了很多張告示，不過這種貼法反而讓人更難察覺吧。這樣看過去，簡直就像牆壁的圖案一樣嘛。」

店員像在顧慮我的心情似地說道。

「這家店，要不見了嗎？」

這裡是讓我最自在的店，因為店裡的客人比較少；換句話說，這就表示經營出現困難了吧。我以前無法將這兩件事聯想在一起，總是把所有精力都花在自己身上。明天開始必須改去別家店，但我找不到比微笑堂更教人喜愛的店了。

「大概是百圓商品不太符合這條商店街的客人需求。」

店員有點落寞地說著。

我沒有要去明日町金平糖的商店。我來這裡是為了這家百圓商店。雖然這家店符合我的需求，然而社會並不僅僅是為了我在運轉，看來我也只能放棄了。

我緊握著黃色彈力球，眼眶不知不覺地泛起淚水。

「您還是要退貨嗎？」

店員貼心地告訴我現在還是可以接受退貨。

我搖了搖頭。我怎麼能在因為生意不好而結束營業的店退貨。對於這家給了我容身之地的店，我無法做出忘恩負義的行為。早知道我就不要去其他店，每天都在這裡花三百圓就好了。不對不對，別說三百圓了，要是我有買更多東西就好了。因為有法律的約束，我以前一直無法這麼做。

看來今天只能破壞規定了。總之今天就把四百圓的商品帶回家吧。我覺得好害怕。我怕自己明天會忍不住買五樣東西，後天買十樣，開始毫無節制地購物。

姊姊，我真的不會有問題嗎？

店員憂心忡忡地探頭看著我。

「在這條商店街上，有一家可以寄物的店哦。」

「寄物？」

「是啊，您可以把其中一樣商品寄放在那裡，明天再去取回來就好了。不過還要再多花一百圓就是了。」

「那是什麼樣的店？」

「那是寄物商。大家都是這麼叫的。店門口沒有招牌，藍染布上寫著白色平假名文字『ＳＡＴＯＵ』。您不是在地人，可能會對這家店感到驚訝，可是商店街的人都曉得那裡，大家也不時會光顧一下。」

「妳也光顧過嗎？」

「有啊有啊。」

店員笑得很靦腆。她似乎不敢告訴我寄放了什麼。

「一天一百圓，什麼東西都能拿去寄放。不需要辦會員卡，也不用出示證件。寄物時一定要說出自己的名字。妳只要說名字就好，老闆也不會過問原因，什麼東西都會幫忙保管。」

不會過問原因這一點十分吸引我。

一天一百圓聽起來也很迷人，更重要的是能讓我把帶回家的東西從四樣減少為三樣。我找不到不去那裡的理由。

一走出微笑堂，我便轉身一鞠躬。店員也對我點頭致意。店門口同樣貼著結束營業的告示。原來一旦注意到，就會自然而然地映入眼簾啊。

商店街只有一條路，所以不會迷路。這裡是能讓人憶起過去的街道，我甚至不覺得自己是第一次來到這裡。

我馬上就找到藍色的門簾了。是一棟小巧的日式民宅，讓人有窩心的感覺。我像是被吸進去似地走進店裡，聞到一股令人懷念的氣味。是木頭的香氣，是日式老屋的氣息。

砰砰砰砰砰，擺鐘開始敲響鐘聲了。砰砰聲響不停地串連在一起，讓我的心臟怦咚怦咚地在配合鐘聲跳動。

「時間差不多了。」

我聽到一道清脆的聲音，是個青年。從「寄物商」這個柔和名稱及店面外觀來看，我原本以為會出現胖胖的阿姨或是瘦弱的老奶奶，沒想到卻是個長得像以前日本電影裡的新人演員、有一張精明臉蛋的青年待在店裡。這句話不是對著我說的，而是在對店裡的客人說。

客人是一名女性。

「已經十一點了啊。不小心聊得太起勁，我都沒有注意到時間。」

那名女子解下手錶遞給了老闆。她要寄放原本穿戴在身上的東西？真是太震撼了。從她的舉動看起來，寄物好像也只是順便而已。一支美麗的手錶。我注意到那是相當昂貴的物品。

老闆接下女子的手錶後，便把臉轉向我說：「歡迎光臨，可以請您稍等一下嗎？」

我覺得自己好像來錯地方一樣。

寄物。這裡果然是提供保管貴重金屬或寶石等高價物品的服務。簡單來說就是那些稱為貴重物品的東西。寄放一天一百圓的價格也是我聽錯了吧。因為是在百圓商店聽到的，我才會不小心聽成一百圓。我的錢包裡只有六百圓。我規定自己出門時身上只能帶一千圓。每天的例行公事就是在百圓商店花掉其中的三百圓，再用剩下的錢買便當回家。今天已經花掉四百圓了，我付不付得起寄物費啊？

「好像已經過了營業時間了吧，我晚點再來。」

開始退縮的我這麼說道，屁股已經有一半在店外了。

「下午是從三點開始營業，中間隔了一段休息時間。晚點再來一趟的話會太勞煩您吧。」

老闆像在為我著想似地說道。他是不是以為我要寄放價值好幾十萬的珍珠項鍊啊。

「您不介意的話，請坐下來稍等一下。」

他的態度十分彬彬有禮。

一旁那位女客人也開口說著「請坐請坐」，朝我揮了揮手。

我進退兩難，只得把卡在外面的屁股收進來，坐在和室房的邊緣等。也因此偷偷瞧見了寄物的經過。

女子說要寄放三天，從錢包裡拿出錢並放在老闆的掌心上。她似乎很習慣寄物的樣子。掌心上放的不是千圓也不是萬圓鈔票，而是三枚百圓硬幣。客人寄放的物品雖然高級，支付的金額也僅有三百圓。

「那麼櫻原聰美小姐，三天後等待您的光臨。」

老闆這麼說道。看來寄物一天的確是一百圓。

櫻原小姐與老闆道別後便離開了。她對老闆的態度簡直就像青梅竹馬一般熟稔。我甚至忍不住懷疑那是不是青梅竹馬的專屬折扣。

我在老闆的招呼下脫掉鞋子，進入了和室房裡。

老闆先到後面收好客人寄放的物品，接著又立刻回到和室房，正襟危坐地跪坐在我的面前。

他是個手腳修長、身材高壯的青年。外表看似年輕，卻帶著沉著的成熟氣息，有一股讓我也跟著心平氣和的獨特氛圍。

「讓您久等了。」

此時我才終於發現他的眼睛看不見。由於他的舉止行雲流水，也沒有拿手杖，所以我花了一段時間才注意到。我鬆了一口氣。原來他看不見我啊。寄放的物品和自己都不會受到鑑定的安心感籠罩著我。

「寄物」一詞，讓我把這裡想像成了當鋪。當鋪會鑑定典當品，那裡並不是專門鑑定客人的地方，但還是會讓人忍不住緊張起來。

「請問您要寄放什麼呢？」

老闆的聲音乾淨清晰，聽了之後心靈彷彿受到洗滌一樣。

我立刻從手提袋裡拿出彈力球放在榻榻米上。我怕球會滾來滾去，便把剛買的黃色菜瓜布放在旁邊擋住。兩樣黃色並排在一起了。

老闆用纖細的手指摸了摸，「是彈力球，還有菜瓜布吧？」他說。

我不敢告訴他其實只有彈力球，甚至有種光寄放這兩樣東西還不夠的感覺。櫻原小姐寄放了昂貴的手錶，我的卻是彈力球和菜瓜布。我覺得這樣一點也不合情理，便把黃色作業手套和黃色牙刷也拿出來擺在一起。

把四樣黃色物品一字排開，價值還是遠不及櫻原小姐的手錶。每天每天，我都會固定購買三樣百圓商品，但它們對我來說沒有一樣是不可或缺的。

應該還有其他不可或缺的東西才對。我注意到這件事之後，便想把眼前的物品通通抹去。

「總共四樣。我要寄放一天。」

為了堅定自己的決心，我像在做宣言似地大聲說道。接著我從錢包裡拿出了四百圓。因為不曉得該放哪裡才好，我就把錢排放在牙刷旁邊。老闆摸了摸所有東西，在算錢的時候向我再三確認：「每樣都是寄放一天沒錯吧？」我應聲答了「對」之後，老闆便請我稍等一下，將物品留在原地，走到後面去。我心想著自己是不是做錯了什麼，緊張地等著，老闆很快又現身了。他拿著一個沒有蓋子的長方形木箱過來。長得很像五斗櫃裡的其中一層抽屜。

老闆把四樣黃色物品放進木箱內整理在一起，接著說：「本店以一天一百圓保管所有東西。」他只拿走一枚百圓硬幣，把剩下三枚硬幣還給了我。我鬆了一口氣。我的手邊還有五百圓，這些錢夠我買中午和晚上兩餐的食物了。

「如果過了寄物期限也沒有來領取，寄放的物品將會歸我所有，這樣沒問題吧？」老闆說。

「不來領也沒關係嗎？」

我發出怪腔怪調的聲音。沒想到竟然還有寄放在這裡不管的選項。我原本只想著今天先寄放再說。

老闆微微一笑。

「本店會等您前來領取物品，不過也有客人似乎沒有要回來拿的意思。畢竟寄物的當事人也有自己的打算。」

「歸店裡所有的東西會變得怎麼樣？」

「可以用就拿來用，可以賣就拿去賣，只能丟掉的東西就報廢處理。」

「把東西拿去丟掉不會很辛苦嗎？」

「這也是寄物商的工作。」

我不由自主地發出「是哦」的滑稽聲音。

這家店很舒服。由於自己的模樣不會被看見，羞恥感便少了一半。我打從心底放鬆下來，對於可以一筆勾銷超額購物的錯誤而感到安心。彈力球的影像不時會映入我的眼簾，其實我也覺得有點遺憾，雖然是一點用處也沒有的東西，但一想到最後會被丟掉，還是會不捨。不過要是後悔了，明天再來拿就好。我可以延到明天再做決定。

總而言之，今天的我可以從這些東西中解脫了。

我決定要把這視為一樁好事。

我想起營業時間已經過了，於是站起身子，心想著自己要趕緊告辭才行。話說我到現在都還沒有報上名字。微笑堂的人跟我說「不需要辦會員卡，寄物時一定要說出自己的名字」。報上名字就是寄物的規定吧。無論哪裡都有法律，入境要隨俗，乖乖遵守寄物商的法律吧。

「我的名字是──」

我頓時語塞，感受到一股彷彿絆到腳摔跤的痛楚。我說不出話來。姊姊，我的名字是什來著？姊姊以前都是怎麼叫我的？家裡的門牌上寫著什麼啊？不不不，我並不是忘記了，這些都有記在我的腦袋裡，我只是稍微蓋上了蓋子而已。現在就來找找蓋子吧。找出裝著名字的箱子，把那個蓋子打開。

再不說話，我就要連呼吸也使不上力了。我痛苦得眼眶泛淚。砰的一聲，我聽見了巨大聲響。是敲響十一點半的鐘聲。占用店家三十分鐘午休時間的歉意讓我愈發找不到蓋子了。

老闆客氣地說道。

「是遠藤佳乃女士吧？」

哎呀呀，老闆幫我打開蓋子了。這是怎麼回事？

我的眼前滿滿都是自己的身影。我的名字是遠藤佳乃，姊姊都喚我為小佳。

「對，我是遠藤佳乃。」

「那麼遠藤佳乃女士，這些物品就由本店小心保管了。」

我的腦袋一片空白。

老闆輕輕攙扶著想要穿鞋卻腳步蹣跚的我，這時候我才發現自己駝著後背。這麼說起來，我就是一個老人家。我現在想起這件事了。微笑堂的店員和櫻原小姐都對我很溫柔。因為我是老人家，大家才會這麼照顧我吧。

老闆送我到了店門外。

看來我以前應該有來過這裡。我已經完全忘記這件事了。我是什麼時候來過的？我來寄放了什麼東西？當時我有回來拿嗎？讓我來慢慢回想一下吧。

不過，我總覺得好像想不起來也沒關係。

老闆記得遠藤佳乃的聲音，我猜他應該也記得我寄放了什麼，所以我才會覺得就算本人不記得也沒關係。

這樣想很不負責任對吧？

姊姊，我踏上歸途的腳步比平常輕盈多了呢。手提袋裡除了錢包以外什麼也沒有，今天沒有帶任何東西回家讓我神清氣爽、引以為傲。比在購物籃裡裝滿商品的那個瞬間更令人驕傲。

我今天買了四樣黃色物品，在微笑堂買的，付了四百圓。我用一百圓把那些交給寄物商保管，總共花了五百圓。我已經想不起來自己寄放了什麼，只記得黃色彈力球。因為它會從我手中溜走還會又跳又滾，完全不聽使喚，沒錯，似乎就是因為這樣，才會讓人對它產生又愛又恨的情感。呵呵，這樣會太誇張嗎？竟然會對彈力球有愛恨情仇。

到了明天，我會去寄物商那裡接彈力球回來嗎？

我不曉得。

用不著現在決定，交給明天的我決定就好。

在回家路上，我偷看了一下佐藤家的院子，發現蒲公英果然開著花，雖然只有一朵是盛開的。和我出門時的記憶一樣。我朝著蒲公英雙手合十。因為我想起既是雪兵衛也是波奇的亞當早已去世，變成遺骨沉睡在院子裡。佐藤家門牌上的姓氏也已經變成「井川」了。佐藤家是什麼時候搬走的？我原本知不知道這件事？我現在還沒有喚回那麼多記憶。

我忘記去買便當就回到家，時隔許久親自下了廚。我真的好久沒有聞到剛煮好的飯香了。

隔天我沒有去寄物商那裡。

我一整天哪裡也沒有去。

我不是忘了，而是憑自己的意志決定不去。我是又隔了一天才去的。我把手提袋塞到滿得不能再滿，然後拜訪了寄物商，用一百圓寄放了那些東西，隔天並沒有去拿回來；接著又隔了一天，再次把手提袋塞得滿滿的帶了過去。

從老闆對我說「是遠藤佳乃女士吧」的那一刻開始，我的內心便起了一些變化。總覺得精神都來了，又或者可以說是心情變得坦率，簡單來說就是能看清楚了。

我想起來了。漸漸地，我想起了好多事情。

我並沒有把所有事情忘得一乾二淨。我以前一定只是故意不去注意而已。像是微笑堂貼的告示，我猜我其實是假裝沒看到。我把會讓自己困擾的事情都蓋上了蓋子。我就是一個「關蓋達人」。既然我特別擅長後悔，當然也事先準備好了對策，就是先蓋上蓋子再說。最後甚至不小心忘了蓋子的存在。

就連我是遠藤佳乃這件事，也是讓我困擾的事情之一。至於那是什麼困擾，我大概會在之後慢慢弄清楚吧。總之我意識到自己不能再這樣下去，決定把原本關上的蓋子一一打開。

那一天，在我穿著黃色罩衫拜訪寄物商的那一天，我在回家看見屋子的那瞬間嚇了一大跳。家裡到處都是百圓商品。上面沒有任何使用痕跡，每樣都是原封不動地放在那裡。數也數不清。我一直都在過著被雜物淹沒的生活。我明明住在這裡，卻一點也沒有想去察覺的意思。

畢竟一天有三樣，一星期有二十一樣，一個月有九十樣的物品堆在家裡。就算每次只買三樣，日經月累之後就會變成龐大的數量。

我決定先清理掉這些東西。我把手提袋塞滿，每隔個一天就拿到寄物商那裡。我要利用寄物的手段丟掉所有東西。為了讓自己可以在改變心意的時候再拿回來，我便訂下一天的期限。如果心裡覺得「那果然還是很重要」，隔天再去店裡拿就好。因為有了後路，做決定就變得輕鬆多了。我不斷地塞滿袋子，一趟又一趟地把東西搬了出去。

我從來沒去拿回來過，這變成了只是把東西拿到寄物商丟掉的過程。寄物商的老闆即使心裡明白，也沒有說破，總是笑臉盈盈地收下來。「謝謝您經常來光顧。」聽到他這麼說，我也會低頭致謝：「謝謝你一直幫我的忙。」謝謝你讓我一而再、再而三地來丟東西。

垃圾應該丟到垃圾場。這種事我也做得到，可是我不忍心親手埋葬這些從來沒有用過的新品，才會選擇寄放在寄物商，讓自己不用背負罪惡感就能解決一切。

我也曾經看過那些我脫手的東西。店裡養的白貓就用了原本放在我家的盤子吃飯。那隻貓的名字竟然是「社長」！我默默在心裡向盤子輕輕說聲「太好了耶」。

我沒有小孩，但如果有的話，能在遠處看著長大的孩子認真上班的模樣，我想一定就像這樣令人驕傲吧。會心想著那孩子現在竟然變得如此優秀，已經有能力為他人效力了。

我的生活改變了。

我不再過著每天去百圓商店買三樣東西的日子，而是一天帶東西去寄物商，另一天在家挑選要帶什麼過去。我的支出從一天三百圓變成了兩天一百圓。

我偶爾也會偷懶一下，有的時候會累到一整天都在睡覺。其實這種情況常常發生，因為這比每天去百圓商店購物還要累多了。我不僅要動腦，心情又會起起伏伏，真的很累。不過這倒不是讓人受不了的勞累。我覺得自己正正當當地在過生活。

只要一去寄物商，家裡就會變得寬敞許多。

原本被百圓商品淹沒的榻榻米開始漸漸探出頭來。我有一次還忍不住對寄物商的老闆說：「謝謝你讓我擴建了房子。」

當時老闆面帶微笑地說：「不客氣。」我們已經是心有靈犀的交情了。

我一邊處理掉以前買的東西，一邊慢慢想起了過去。

這簡直就是一趟尋找自我的旅程。

某一天，百圓商品全都消失了。現在榻榻米和地板變得一乾二淨，只剩下壁櫥沒有整理。我用抹布擦完榻榻米和地板，中間休息了一天後，決定動手處理壁櫥。

壁櫥放的是不一樣的東西，裡面全是上等貨。例如擺在百貨提袋裡原封不動的高級名牌包和鞋子、連包裝紙也沒拆的國外名牌手錶等等。我能大概猜到櫻原聰美小姐的手錶價格，似乎是因為我以前也買過同樣品牌的手錶。

我買的時候一定覺得很神氣吧，不過在回家的路上可能後悔到心情一片灰暗。

奇妙的是，我隱約保有購買百圓商品的記憶，卻一點也想不起這些高檔貨的事。不曉得是不是後悔的打擊太大，讓我把那些都趕出了記憶的房間？我完全不記得東西是在哪裡買下，當初又是怎麼付款的。我不小心蓋上過於巨大的蓋子，沉重到連自己也打不開。

我把那些也拿給了寄物商，用一百圓寄放在店裡，沒有去拿回來，然後不斷重複這個過程。

我家有四個壁櫥，當我把其中一、兩個壁櫥全部清空的時候，院子裡突然冒出油蟬的叫聲，我號啕大哭了。

因為我想起了那天的事。

姊姊神情嚴肅地對我這麼說。

「妳需要這種東西嗎？為什麼妳明明沒有工作，卻花這麼多錢在買東西？我的薪水可不是從天上掉下來的啊。」

姊姊對我大發雷霆。我一定是哭哭啼啼地在道歉吧。但我是不是依舊沒有罷手呢？是不是被姊姊罵得越兇就買得越起勁呢？我的腦中少了這一段的記憶。

對不起、對不起、對不起。

過了一段時間後，姊姊就不再對我生氣了吧。這段記憶也重新回來了。當時姊姊哭了出來。

「我破產了啊，現在什麼都不能買了。」

姊姊一直哭一直哭，有一天突然變得好溫柔。

「小佳，我出門一下哦。」

我的記憶就到這裡為止。姊姊在那之後就再也沒有回來過了吧。我的購物成癮把姊姊逼到走投無路，最後姊姊終於丟下我離開了。我在那之後覺得好後悔，反省了自己。後悔和反省都是我的拿手絕活，不過我大概是想試圖挑戰自己最不在行的修改行動，才會制定了法律吧。

要買東西就去百圓商店，而且一天最多能買三樣。

只要遵守這條法律，每個月不必要的支出就能控制在九千圓。水電費和餐費之類的如果省著用，還是有辦法靠年金撐過去。
我不知道自己是何時制定這條法律，也不曉得自己到底持續了多久，但我一定是在這段期間不知不覺地忘掉討厭的過去，就這樣一直到了現在吧。

姊姊，我今天在路邊看見了向日葵。
單單一朵，直挺挺地佇立著。
獨自佇立在那裡。儘管寂寞，仍舊站得不卑不亢。我把向日葵的模樣和自己重疊了起來。我的後背在不知不覺中變得直挺了。我的生活從春天開始逐漸在改變，讓我連體態也起了變化。映入我眼簾的不再是腳邊的金盞花，而是以藍天為背景的向日葵了。
我撐著陽傘走在路上。我現在要去寄物商那裡。這條路我已經走過好幾遍了。今天我沒有東西要拿去寄放。
一穿過門簾，我聽著一如往常的清脆聲音對我說「歡迎光臨」，並登上了和室房。目前店裡沒有其他客人，宜人的風吹了進來。

現在就是大好機會。我直截了當地開口了。

「我以前有來這裡寄放過什麼東西吧。」

「您是遠藤佳乃女士吧？」

「對，我是遠藤佳乃。」

之前就是這個樣子。因為老闆的眼睛看不見，不發出聲音就無法讓他判斷客人的身分。

我都差點忘了老闆其實看不見，因為老闆的一舉一動相當敏捷。有人會用「視力不便的人」來稱呼，然而「視力不便」乍看與「眼睛看不見」的意思吻合，感覺上卻怪怪的。老闆擁有淩駕於視力之上的記憶力。老闆運用他的記憶，在過去與現在之間自由自在地來去自如。而我雖然有老花眼，眼睛還是看得見，只不過我是一個記憶力不便的人，在生活上遇到了不少障礙。

我必須借助他人的力量才能回到過去。這就是我今天來的目的。

「您是想來確認以前寄放在這裡的東西嗎？」

老闆靜靜地這麼問道。我則是回答了一聲「對」。

「我從春天開始就不間斷地來寄物。我首先寄放的是……是什麼來著？我記得我寄放了四樣東西。」

「菜瓜布和牙刷，還有作業手套和——」

「彈力球！」

「是的，您的確寄放過這些。」

「在那之前，我也曾經來過這裡沒錯吧。」

老闆一臉慎重地回答：「是的。」

「所以你才知道我的名字吧。」

「對，沒錯。」

「那是什麼時候的事？我其實想不起來了。」

老闆沒有出聲附和，只是側耳傾聽著我的話。

「我有些事想得起來，也有些事想不起來。彈力球之後的事情我大概都記得。不過話是這麼說，我也不是對自己寄放過的所有東西都有印象。我記得自己不停把家裡滿滿的百圓商品，還有壁櫥裡一大堆未開封的商品搬到了這裡。」

「是的，本店確實有保管過。」

「我今天想問的是，我在彈力球之前來到這裡的事。我來過幾次？當時寄放了什麼？那是什麼時候的事？這些我都想不起來了。」

「……這樣啊。」

老闆露出嚴謹的面容。

「請問你還記得嗎？」

「我記得。」

老闆的臉上似乎帶著一絲歉意。他可能覺得自己記得我忘記的事，怕他的立場會因此優於我之上。

我的眼睛看得見。所以我也能看見店裡的榻榻米、文几和擺鐘。這裡明明是老闆的店，老闆卻看不見這些東西。即使如此，這也不代表我的立場優於老闆之上。假設現在榻榻米上有螞蟻在爬，因為老闆看不見，我可以把螞蟻抓起來放到玄關空地。我能為他做的事情最多如此而已。並不是助人者的地位就會比較高，受助者的地位就會比較低。

所以拜託老闆了，請你把自己擁有的記憶給我吧。

你不需要顧慮，儘管告訴我吧。

我想拿回以前寄放在你這裡，最後一直沒有帶走的過去。

「你願意告訴我嗎？我以前常常來這裡嗎？」

「您只來過一次而已。」

「你說『一次』，是指我在那之後並沒有回來拿嗎？」

「對。」

「我是什麼時候來寄物的？」

「是本店剛開業不久的時候。大概十三年前左右的事。」

「十三年前？只有一次？」

「是的。」

我大吃一驚。我被老闆的記憶力嚇到了。如果是十三年前，我當時是六十歲。

「我寄放了什麼東西？」

「一只信封。」

「那是信嗎？是我自己寫的嗎？」

老闆沉默了一會兒，最後這麼說道：

「我猜是一封信，因為上面有貼郵票。可是我讀不了正面的收件資料，也不知道有沒有印上郵戳，所以我不曉得那是什麼樣的一封信。」

我嘆了一口氣。的確是這樣。老闆的眼睛看不見，而我則是沒有記憶。在雙重障礙之下，這是不是成了一樁懸案呢？

十三年前的我知道寄物商的存在，並在這裡寄放了信封，最後沒有來拿回去。現在知道的部分只有這些而已。

「那個時候，我有向你說明那是什麼嗎？」

「您沒有針對信封多說什麼。當我詢問寄放期限時，我記得您當時說想寄放一段時間。接著您猶豫不決地決定寄放一個月，付清那段時間的寄物費，然後就離開了。」

我對當時的自己感到不耐。

我為什麼沒有回來拿呢？那應該不是我不要的東西。如果我打算丟掉就只會付一百圓吧。更何況那只是紙，如果真的是沒有用途的東西，大可撕一撕丟掉就好。我本來打算在一個月之後過來拿吧。是不是一個月之後的我覺得自己已經不需要它了？

時間靜靜流逝。

寄物商靜靜地陪伴著滿心糾結的我。我沒有被催促的感覺。在這氣氛舒適的空間裡，我的情緒逐漸緩和下來。希望自己選擇輕輕放下的意識逐漸控制了我。我終於覺得該是告一段落的時候了。習慣整理東西之後，我可能也開始懂得如何整理心情。

「謝謝你。」

我向老闆低頭致謝。其實他也看不見我低頭的模樣，但我就是想向他低頭才會這麼做。

「你願意接收那麼多東西，實在讓我感激不盡。多虧有你記住我的名字，才讓我可以慢慢找回自己。我整理完家裡的大小角落後，重新審視了自己。儘管有些事情還是沒有得到解答，不過那也沒有辦法，我只能選擇放下了。」

老闆一副若有所思的模樣。他稍微歪了歪頭，對我這麼說：

「在至今寄放的物品中，有什麼讓您感到後悔，想繼續留在手邊的東西嗎？」

我的腦中頓時浮現出彈力球的模樣，然而我並沒有說出口。接著我開口說：「果然還是神祕的信封吧。」

「您想知道信封的事？為什麼呢？」

「畢竟——」

我呵呵笑了。

「那可是我付了最多錢的東西。我付了一個月份，總共三千圓的寄物費嘛。」

老闆噗哧地笑出來。

「比好幾百萬圓的手錶或皮包還想拿回來嗎？」

我點點頭回答了一聲「是啊」。

「因為當初寄放的時候……我應該有要拿回來的打算。」

沒錯。信封比愛馬仕的柏金包更有價值。因為它能讓我見到過去的自己。

老闆眨了眨眼睛，纖長的睫毛十分醒目。

「您要不要喝杯茶？」

語畢，老闆站起身子，把門簾卸了下來。我剛才講得太認真，都沒注意到擺鐘的聲音，現在已經十一點，到午休時間了。

今天或許是我最後一次來這家店了吧。於是我說：「那就恭敬不如從命了。」

老闆走到後面。他似乎正在用水壺燒著熱水，我聽見咻咻的蒸氣聲。喜歡在夏天喝熱茶的我覺得好高興。

我也會在家燒熱水，自己煮飯，自己打掃屋子，還會天天洗澡。我已經重新回到這種普通的生活了。剩下來的，就只有努力祈禱購物成癮的症狀不要再度復活。壁櫥裡原本塞滿了未開封的高級新品。一想到自己花在那上面的錢，我就覺得好對不起姊姊，心裡滿是歉意。離開我是很正常的事。謝謝妳把我拋棄了。我只希望姊姊已經在他鄉抓住了平凡的幸福。

不曉得是不是眼睛看不見的關係，老闆似乎泡茶泡得有點久。終於，他用托盤端著茶回來了。他一坐下來，便把一封信遞給了我。

「本店幫您保管下來了。」

我的胸口在怦咚作響。

是一只白色信封。尚未開封。郵票上顯示的是以前的價格，上面也印有郵戳，時間是十三年前。收件人是「遠藤佳乃女士」。這是寄給我的信。我顫抖著手收下信封，翻過來一看，寄件人的地方寫著遠藤百合子。

是姊姊！

是姊姊寄給我的信！

我發出一聲「嗚哇」的詭異聲音。

等回過神來，我發現自己把信緊緊抱在懷裡，眼淚奪眶而出。就算不看寄件人的名字，我也能知道這是誰寄的。因為那是姊姊的字。是看起來像小孩子寫的，姊姊圓圓的筆跡。我永遠也不會忘記。我好想馬上打開來看。我心想著要趕緊跑回家，腰卻突然沒力站不起來，還差點失禁了。我偶爾也會不小心沒有忍住，這害我嚇得冒出了一身冷汗。

老闆開口說道。

「現在是午休時間，本店要準備休息了。若不介意的話，您可以留在這裡讀信沒關係。我已經把拆信刀放在文几上了。洗手間是從那邊走進去。我現在要暫時外出辦點事，大概下午兩點過後才會回來。您不用客氣，可以在這裡慢慢坐。想回去的時候再離開就好。」

老闆如他所說，帶著手杖出門了。

我先喝了一口茶。真是美味。彷彿在向人證明泡茶不需要用到眼睛似地，是香氣和滋味都十分出色的茶。

我借用文几上的拆信刀拆開了信封。霎時間，我聞到一股難以言喻的香氣。是十三年前的空氣嗎？摺成三折的信紙上寫著密密麻麻的圓形字體。

小佳，我想妳現在應該過得很好。

既然妳正在讀這封信，我便自行解釋為小佳還住在原本的家，過得很有精神，對我的怒氣應該多少也消了一點。

就算妳沒有消氣也沒關係。我還是希望妳讀下去。我不想事到如今還寫信惹火妳，我會提筆，是因為對妳的歉意過於強烈，已經再也壓抑不了這股情緒了，才想透過信件向妳表達我的心情，也希望藉此多少安慰一下自己的心。

首先，我想對於因為我生病而給身為妹妹的妳帶來不少麻煩的事道歉。真的非常對不起。

把自己的狀況寫成是病，妳可能會覺得我在逃避，或是在找藉口也說不定。畢竟我從小就老是給妳添麻煩。我也做過好多好多無法被當成是病的事情。

國中的時候，我在夜晚的街頭被抓去輔導管教。

當時爸爸大罵我笨蛋，媽媽則把我當成空氣。比起被罵，更讓我痛苦的就是不再受到關心。我猜媽媽真的相當討厭煩惱我的事吧。從某個時期開始，媽媽就再也不看我的眼睛了。

大家總是喜歡誇獎妳。因為妳長得可愛，腦袋又聰明。比我小三歲的妳做什麼都很完美。無論是腦袋、內在或外表都很優秀。

我以前很喜歡小佳。妳剛出生時的事情我記得很清楚。媽媽小心翼翼地抱著妳從醫院回到家裡。她對我說：「這是妳的妹妹哦。」並讓我伸手摸了摸妳。那時候的爸爸媽媽都好溫柔。

還是小嬰兒的妳特別愛哭。當時媽媽似乎很忙碌。

我在妳哭的時候，把一顆糖果放進了妳的嘴裡。那是我最愛的黃色糖果，是檸檬口味的。我希望妳可以一直笑瞇瞇的，也希望媽媽能夠好好睡一覺。結果在這之後就惹出了大麻煩。救護車來到家裡，事情鬧得非常大。

我那時候並沒有被罵得很兇。也可能是因為我年紀還小，沒有留下太多印象。大概除了那件事之外，我還做過許多類似的事情吧，於是爸爸媽媽看我的眼神逐漸變了。

我以前很喜歡小佳，比朋友還要喜歡。在我認識的人當中，我最喜歡的人就是妳了，甚至勝過自己。只要有聰明又可愛的妳在，就會為周圍的人帶來幸福。妳是很乖的小孩，總愛跟在我身邊姊姊長、姊姊短。因為有妳賴著我，讓我有一種終於找到容身之處的感覺。

我高中讀到一半就離家出走了。我偷偷私奔，跑去和男人住在一起。我和那個人在兩年後分手。對方似乎另有家室。我在不得已之下只好回到家裡，被爸爸大罵一頓後又再度離家。

雖然小佳好像不曉得，其實我有回家過好幾次。爸爸叫我不要靠近妳，每次都會把我趕出去。

時間就這樣過了好幾年。我只要手頭一緊就會回家。爸爸罵歸罵，還是會給我錢。他會在命令我不要靠近妳的同時把錢拿給我。

後來有一次，我時隔許久回到家，發現爸爸媽媽都成了牌位。我當下才知道爸爸媽媽為了慶祝退休，兩人一起出國旅行，卻因為船發生意外雙雙罹難。我當時的第一個想法，就是幸好小佳還活著。妳成為信用金庫的上班族，是個亮眼動人的美女，並為我們的重逢打從心底感到喜悅。我那時好高興。

會大罵著叫我「滾出去」的爸爸不在了，我便開始與老愛姊姊長、姊姊短，非常崇拜我的小佳住在一起。

那時候小佳二十五歲，而我二十八歲。

小佳在信用金庫有個交往對象，妳曾說你們就快要訂婚了。每晚睡覺前，我們都會互相閒聊彼此的一天過得如何。那是我這輩子最幸福的一段時光。

爸爸他們為我們留下了一筆錢，還有房子，再加上小佳的薪水，我們的生活算是過得很富足。可是一個人閒閒沒事做並不是我的作風，當我說自己也想出去工作後，小佳便幫忙介紹了打工機會。雇用我的是信用金庫的客戶，那是一家在地的超市。我覺得自己很認真在工作，但還是沒辦法像小佳那樣賺到很多錢。我偷偷把超過賞味期限的熟食，以及接近退貨期限卻賣不出去的罐頭私下拿去轉賣。總是小佳在賺錢，讓我覺得很過意不去。

店裡的人發現這件事後就把我給解雇了。但因為有小佳為我拚命低頭道歉，最後沒有鬧到警察那裡。小佳大概相當受到大家的信賴吧，妳並沒有因為姊姊惹麻煩而被信用金庫炒魷魚，讓我放下了心中的大石頭。

雖然小佳沒有責備我，我的心裡仍然滿是歉意。過了不久，小佳開始不再提起戀人的事了。我一直很掛念這件事。那一定是我害的。

當我又說想要出去工作後，妳說「家事就交給姊姊包辦」，並把金融卡交給了我。那些當然是用來作為生活費的錢。

於是我開始出門買東西。起初我買的都是蔬菜肉類等生活必需品，然而在不久之後，我漸漸會上百貨公司買起衣服、包包或手錶了。為了不要被發現，我一買完就會收進壁櫥裡。我沒有把那些東西穿戴在身上，所以小佳一直沒有察覺。

某一天，小佳在確認信用卡明細時，臉色大變。後來妳去偷看了壁櫥，更是震驚到不行。

「妳需要這種東西嗎？為什麼妳明明沒有工作，卻花這麼多錢在買東西？我的薪水可不是從天上掉下來的啊。」

小佳第一次罵了我，我彷彿聽見了爸爸的怒罵聲。

小佳一點錯也沒有，這全是我的問題。我自己雖然很清楚，卻越來越止不住購物的行為，有一天小佳就這麼對我說道了。

「我破產了啊，現在什麼都不能買了。」

小佳哭了。這是比被妳罵還要更讓我痛苦的事。

爸爸是對的。小佳，妳犯了一個錯。妳不應該歡迎我回家。妳不能和我一起生活。

我沒辦法停止買東西。我其實一點也不想要那些東西，但連我也不知道自己為什麼要買，所以才停不下來。

「小佳，我出去一下哦。」

我這麼說完，便離開了家。因為我怕自己會毀掉小佳的人生。

我投靠以前的朋友南北奔走，一下在這邊轉轉，一下又到另一邊轉轉。到處給周圍的人添完麻煩後，我竟然結婚了。妳很訝異吧？我也很訝異。對方是個醫生。我是在接受酒癮治療的時候認識他的。我有購物成癮再加上酗酒，又因為擅闖空屋入住，觸犯了輕犯罪法[4]而遭逮捕，被送到了醫療刑務所，在這個最糟最慘的人生谷底中遇到了救世主。

對方比我年長十歲，太太先行離世，現在將治癒我視為自己的任務。因為彼此都老大不小了，我們並沒有舉辦婚禮；又由於受到孩子們的反對，也沒有正式簽字登記。我有緩刑在身，但我們還是住在一起生活。剛才提到的結婚，是我和先生之間的認知。也說不定是我的自作多情。我怎麼可能結得了婚。當成是一場誤會反而還比較有真實感。這一段就是在向妳報告我覺得自己好像結婚了。

我想在向小佳賠罪的同時，順便把自己的近況也一起告訴妳，所以才會動手寫了這封信。我小時候連一篇作文都不會寫，老是在走廊罰站。現在我竟然能寫出這麼長的信了，感覺很厲害吧？這封信我重寫了好多遍，我先生也有幫忙提供意見。我先生說他也想見見妳。

我到現在依然無法信任自己，所以我沒辦法主動去見小佳。爸爸明明要我別給妹妹找麻煩，我卻還是給妳帶來很大的困擾。我很害怕去找妳之後，又會變回那樣的人。

如果小佳願意原諒我，覺得我們可以見個面的話，就麻煩妳過來找

---

4 日本制定的刑法之一，用來規範違反社會秩序的輕微犯罪行為，違反者會受到拘役或罰金的制裁。

我一趟吧。我這邊有個嚴格的監視官（大概就是我先生），所以我絕對不會給妳帶來困擾。不是現在也沒關係。我只希望有一天可以見到小佳。

即使妳一輩子不原諒我也沒事。這是我為了自己所寫的道歉信，我只是希望心情能變得輕鬆一點而已。就算妳沒有讀信，我還是可以獲得救贖。

最後再讓我說一件事。

小佳能過得幸福快樂，就是我的心願。

我流著淚讀完了這封信。

曾經遺忘的過去在我面前敞開了。姊姊幫我打開了剩下的巨大蓋子。購物成癮的人是姊姊才對。我改寫了自己的記憶。壁櫥裡的東西全是姊姊買的，所以我在整理的時候才會一點印象也沒有。關於百圓商品，是因為我一直以為自己購物成癮，為了不影響生活，才會制定法律來約束自己。

可是姊姊，血緣是個不爭的事實，我身上就有購物成癮的潛力。每天不買三樣東西就會渾身不自在。這大概與姊姊會買下高價品的心情是一樣的吧。

那些並不是我想要的東西，所以不管怎麼買都無法獲得滿足。

父母和姊姊的關係一直很疏遠。

在我的記憶中，我也記得姊姊從小就經常受到父母責罵。以我的角度來看，其實姊姊只是有一點粗枝大葉，稍微欠缺思慮而已。以前爸爸他們都會激動地斥責姊姊。或許因為是第一個小孩的緣故，讓他們對姊姊有太多期許也說不定。就算是家人，也不一定都會合得來。

姊姊並不是爸爸他們心目中的完美小孩。而我，因為是老二，父母並沒有把理想加諸在我身上，而我又一路看著姊姊下來，更懂得要怎麼做才不會被罵，有辦法見招拆招。

我覺得姊姊每次被罵之後，使壞的部分就會變得越來越嚴重。我猜大概是因為她對父母的話一直耿耿於懷。被罵沒用就會變得沒用，被罵笨蛋就會變成笨蛋。是不是即使心裡抗拒，身體仍會不由自主地受到影響呢？父母的話具有如同魔法的力量，會在無意之間控制孩子吧。

我的父母是一般的普通人。爸爸是零食廠商的員工，媽媽是偶爾會兼差打工的家庭主婦。他們都不是會偷東西、會加害他人的人。兩人也從來沒有體罰過姊姊。在家會好好準備飯菜，我和姊姊的菜色分量也不曾有過差異。他們只是在不知不覺中，深信姊姊就是個沒用的孩子。這樣就不對了。兩人雖然奉公守法，但是在為人父母方面，他們在姊姊眼裡可能是等同於惡人的存在。

父母就像受到制裁似地喪生於意外事故中，姊姊則因為這個機會回到了家裡。父母對我十分溫柔，他們的死訊令我大受打擊，家裡突然只剩下自己讓人感到寂寞，所以我很高興能與姊姊再度重逢。

我從小就很喜歡姊姊。姊姊總是對我這個妹妹呵護有加，還幫我揹過黑鍋。有一次我們幫媽媽出門買東西，我不小心把找回來的錢弄丟在回程的路上，姊姊便告訴媽媽是她拿去花掉了。姊姊說她被罵慣了，沒有關係。當時媽媽瞪著姊姊，一臉無奈地把頭轉到另一邊。而我則是承受不了謊言的壓力哭了出來。

我明白姊姊的好。可是只要我一稱讚姊姊，就會惹來一身腥。爸爸都會摸摸我的頭說：「佳乃真是貼心。」

姊姊當時是病了吧。應該要去看醫生才對。當時被信用卡明細嚇到的我，不分青紅皂白地對姊姊大發脾氣、破口大罵。沒錯，我並不是被罵的人，而是罵人的那個。我的記憶完全被改寫了。

姊姊那時候的眼神看起來十分哀傷。她知道自己不對。那是有自知之明的人才會露出的眼神。

於是姊姊離家了。

當時的事情，還有發生在那之後的事情我都記不清楚了。

或許是把姊姊逼出家門的罪惡感，讓我自動從腦中消除掉這些部分。姊姊是在我四十歲左右的時候離開的。

姊姊，恭喜妳結婚了。真開心得知妳找到另一半。我沒有結婚並不是姊姊的錯。我雖然邂逅過幾次機會，卻始終沒有遇見可以走到那一步的緣分。我年輕的時候從來沒想過自己到了高齡卻仍是孤家寡人，但是對我而言，這是自然而然之下得到的正常結果。

這封信是在我六十歲時寄到家裡的。當時我剛好從信用金庫退休。姊姊離開後存的錢加上領到的退休金，正好到了可以安享餘年的金額。在這個時間點收到信，讓我怕得不敢打開。我害怕姊姊是寫信來要錢的。我不只有拋下姊姊的罪惡感，還想像著姊姊之後的人生一定墮落到了最大極限，所以才不敢解開真相。因為我不想失去已經到手的安穩退休生活。

我寄放了這封信，預計在一個月後拿回來。我猜自己是有這個打算。我有記憶障礙。在退休之後就慢慢出現症狀了。我的生活也因此有了波亂，讓我在忘記回去拜訪寄物商的情況下度過了十三年。我這十三年來甚至連寄物商的存在也不記得了。

不過，我倒覺得幸好是現在。如果是十三年前的我，大概不會相信姊姊的這封信，會認為「結婚」都是假的吧。現在的我願意相信姊姊結婚了。就算對方沒有那個意思，只要姊姊如此認為，那我就這麼相信，並真心向妳說聲「恭喜」。

砰砰砰砰砰砰，擺鐘敲響了十二下。

老闆還沒有回來。忽地一看，我發現茶杯旁邊放著黃色彈力球。我讀信讀得太認真，剛才都沒有注意到。

是我最後在微笑堂買的彈力球。我曾經只想把這個拿回來留在身邊。因為它會從手中溜走還會又跳又滾，不聽使喚的地方讓人又愛又恨。

嘿，姊姊。

對爸爸媽媽來說，妳是不是就是彈力球呢？因為姊姊的行動難以預料，比起「覺得痛快」，被嚇到「口吐白沫」的心境更勝之上，他們大概常常為妳捏了一把冷汗吧。現在兩老在天上最牽掛的可能不是我，而是姊姊才對。

我把茶喝光了。這茶即使冷掉也很美味。我將信小心翼翼地收進手提袋，緊握著彈力球離開寄物商。

我沒有撐陽傘，在炎炎烈日下邁出步伐。

等我哦，姊姊。我會去找妳的。我有好多話想對妳說。姊姊現在是七十六歲。不曉得妳先生是個什麼樣的人？真想見見他。或許現在姊姊也是一個人在生活了。若是這樣的話就回來吧。我們一起住吧。

我停下腳步，望著緊握在手中的彈力球。姊姊放進我嘴裡的糖果是不是和這個差不多大呢？

姊姊，妳真傻啊。

如果是現在的話，我的喉嚨已經不會再噎到了。要不要和我一起談天說地，攜手共過餘生呢？

因為姊姊是彈力球，會不會已經飛到不曉得哪裡去了？

我深吸一口氣，把彈力球使勁丟向地面。

姊姊像發著脾氣似地反彈起來，高高彈跳在夏日的天空中，與太陽重疊了身影。

我不禁瞇起了眼睛。
真是個刺眼的夏天。

青鳥

今天店裡也沒有掛上門簾。

門口的拉門依然緊閉。透過採光窗能勉為其難地窺探店內。和室房裡有文几，兩個坐墊。而在從這裡看不見的地方，還擺了玻璃櫃，櫃裡放著音樂盒和書。

你今天似乎也不在的樣子。

你到底去哪裡了啊？

「看吧。」四照花像在揶揄我似地說。

「你一直希望消失的那隻白貓，現在正在寄物商的屋頂上盯著這裡瞧哦。」

我都知道。你不在這裡，但那傢伙卻在。所以我的心情才這般失落到了谷底。

白貓打了一個哈欠。貓的哈欠最後都會露出一副在大笑的表情。看起來就像在嘲笑我一樣。

我從以前開始就覺得很奇妙了。你為什麼不趕走這隻粗魯又愚笨的貓，甚至還餵飯給她？你十分勤勉。然而那隻貓明明有四隻腳，卻是個沒事只知道睡覺的懶惰蟲啊。

我永遠也忘不了兩年前的那件事。

當時，我正在店門口為你歌唱，那傢伙卻朝我飛撲過來。她明明前一刻還躺著在睡覺，害我不小心失去了戒心。這隻可恨的無禮蠢貓，我差一點就要慘死在弓形的爪子下了。但因為我比較聰明年輕又敏捷，最後還是有順利逃過一劫。

這僅僅是發生在數秒之間的事，所以你都不曉得吧。畢竟你的眼睛看不見。

那次以後，我都會隔著路，站在四照花的枝頭上唱歌給你聽。四照花的枝枒纖細柔韌，身輕如燕的我有辦法停留在這裡，可是笨重的白貓就上不來了。

吱喳吱喳、啾啾啾啾……

善良的人兒啊
毫無虛假與虛榮的透明靈魂
請用你的純潔洗滌我
請洗滌這個世間的所有
接著請你聽我的歌聲醒來
聽我的振翅聲進入夢鄉
我會用盡生命歌唱　唱出獻給你的歌

你總是在和室房裡，不時停下讀書的手聽得出神吧。你和我心有靈犀，我們是靈魂之友。你不會對我說任何話，不過這樣就夠了。對我來說歌唱就是愛的表現，聽我歌唱就能讓我有被愛的感覺。

我今天無法歌唱，昨天也是，還有前天。足足三天，我都沒有看見你的身影。

有個穿著水手服的女孩走了過來。

喀噠喀噠，她正在使勁地試圖開啟拉門。她發現門是鎖著時，發出了「咦——」的抱怨聲。門簾沒有被掛上，其實一眼就能知道今天沒有營業，但她看起來還是相當失落，用腳踢了踢拉門底下。雖然只是輕輕的、一下子的動作而已，可是用腳踢就不對了吧？真是沒品。拉門底下有裝設小小的貓用門，只見那個門扇搖來又晃去。妳既然要踢，就給我去踢貓啦。

「吱、吱（妳該踢的貓就在屋頂上哦）！」我喊道。

女孩看向了這邊。話雖然是這麼說，但她不是在看我吧。因為四照花正盛開著淡粉紅色的花嘛。她好像看花看得很入迷的樣子。沒想到女孩意外有張可愛的臉龐。

或許四照花擁有改變人的力量也說不定。

擁有讓動腳亂踢的女孩變可愛的力量。

大部分的人類都喜歡四照花。不過，僅限於開花期間。四照花的莖幹纖細，葉片平庸，連用來遮蔭也沒辦法；樹葉會轉紅，也會結出紅色果實，可是又不如楓葉那般氣派，只是期間限定的人氣王。

女孩看著四照花，背向寄物商的店門蹲了下來。

我肚子餓了。女孩是讓人在意，但我還是先暫時飛去了公園。就是不遠處的明日町公園。雖然是個小地方，食物卻很豐富。我迅速地吃下螞蟻和蚜蟲飽餐一頓，又再度回到了寄物商的店門前。

女孩還在這裡。她一屁股坐在地上並伸長了腳，把書包放在大腿上，在上面壓著紙張，埋頭專心地做著什麼。

「妳在做什麼啊！一個女孩子坐在這種地方，真是的！」

相澤女士來了。是那個帶點字書給你的阿姨。相澤女士對你很親切，所以我對她的印象很好。

女孩露出叛逆的眼神，抬頭看向相澤女士，心不甘情不願地站了起來。她的書包還放在地上沒有動。

「妳是來寄物的嗎？」

相澤女士一邊問一邊撿起書包，拍了拍沙子。從旁人的角度來看，她的舉動簡直就像媽媽一樣。知道對方沒有要責罵自己，女孩鬆了一口氣，又變回那張可愛的臉了。

「今天公休嗎？」

女孩用乖巧的口氣問道。和剛才動腳踢門的態度是天壤之別。

相澤女士大喊一聲說：「我就說嘛！」女孩嚇得抽動肩膀，向後倒退了一步。我也被嚇了一跳，屋頂上的白貓則消失了。真是個膽小鬼。

相澤女士瞪著店門口說。

「所以啊，我早就跟桐島講過好幾次，最好要訂個公休日嘛。我講到嘴巴都鹹了啊。嗯？」

相澤女士好像發現哪裡怪怪的，開始思索起了用詞。女孩給了她一記助攻。

「是講到——嘴巴都痠了嗎？」

「沒錯沒錯！」

相澤女士說得更起勁了。

「不然客人會一頭霧水嘛。這傢伙真教人傷腦筋！」

「這裡沒有固定的公休日嗎？」

「是啊。」

相澤女士似乎很滿意這個問題，將書包遞到女孩的手上。

「該說是不定期公休嗎？就像排休一樣啦。寄放的物品都有取物期限對吧？每個月好像就有幾天不會撞到取件的那些日子。他都會選這種時候公休。」

「今天就是那種……不定期公休的日子嗎？」

相澤女士神色凝重地搖了搖頭。

「最近這幾天，是有其他理由。雖然我沒辦法向妳詳細說明，但現在鑰匙就寄放在我身上。」

「妳是店員嗎？」

「我？不是的，我是幫忙打點字的義工。」

「點字？」

「其實就和朋友差不多啦。他不在店裡的期間，我每天會來幫忙餵社長一次。」

「社長？所以社長現在準備要回來了嗎？」

「抱歉抱歉，社長是白貓的名字。」

「啊啊，的確有一隻貓。」

女孩抬頭看了看屋頂。然而，卻不見膽小貓的身影。

「那隻貓的名字叫社長哦。妳啊，剛才一邊等一邊在寫作業吧？今天不會開門營業了，妳最好還是回去吧。」

女孩看起來面有難色。

相澤女士插上鑰匙打開拉門，一邊偷看著女孩，然後開口對她說：

「要進來嗎？」

「我現在要餵社長吃飯，換個水，然後幫店裡通風換氣一下，這段時間妳就在和室房的文几上寫作業怎麼樣？」

「可以嗎？」

「當然可以啊。我先去泡個茶好了。妳慢慢坐吧。然後關於寄物的事……這個嘛，後天，對，妳後天再繞過來看看吧。後天桐島應該就會回來了。」

「桐島？」

「就是老闆。是個長相端正的大哥哥。妳就是在等那個人吧？」

女孩一臉欣喜地進入了和室房。她沒有擺好鞋子，脫下來隨便一丟就爬上去，於是相澤女士出聲提醒：「不行哦！」女孩道了聲對不起，乖乖擺正了鞋。女孩並不是壞孩子，或許只是沒有大人教她而已。像是不能用腳踢門，還有不能一屁股坐在路邊等等。

我出聲啼叫了。

吱喳吱喳，啾啾啾啾啾……

一想到你後天就會回來，我就不禁開心地啼叫了。

吱喳吱啊，啾啾啾啾啾……

正在寫作業的女孩看向了這裡。

「欸，阿姨妳看，是青鳥！」

相澤女士正在餵著不知何時已經回來的白貓，然後看向了這裡。

「那隻青鳥，從很早之前就在了哦。中途不見過一次，可是現在又飛回來了。」女孩說。

原來那時候她看的不是四照花，而是在看我。

「那是藍尾鴝。」相澤女士說。

「藍尾鴝？」

「一種像是麻雀親戚的鳥哦。通常只要一回暖就會飛回山裡，這隻是怎麼了啊？」

「好漂亮的鳥！名字也好好聽哦。」

女孩托起腮幫子盯著我看。

相澤女士點了點頭。

「是雄的藍尾鴝啊。雌鳥會是不起眼的顏色哦。其實雄鳥年輕時的顏色也很黯淡，但聽說牠們身上的藍色會隨著年紀增加。」

「阿姨，妳很懂鳥嗎？」

「前陣子剛好有讀過有關生物的書。因為我點譯了那本書。」

「點譯？」

「就是為眼睛看不見的人製作點字書。因為點譯了生物類型的書，我就開始產生興趣了。最近我正在讀鳥類圖鑑哦。妳仔細看看那隻藍尾鴝。瞧牠身上的藍色那麼亮眼，我猜牠大概四歲左右吧。」

「從顏色就能看出年紀嗎？」

「藍尾鴝的壽命好像是四年。雄鳥的顏色會變得越來越鮮豔，差不多到了最美麗的時候就會死去。」

「妳騙人。」

女孩搖了搖頭。

「那隻藍尾鴝，看起來還能活很久的樣子。人生才正要開始的感覺，一點也不像要死了啊。阿姨，建議妳重讀一次圖鑑比較好。」

相澤女士有些錯愕，心想「這孩子真是的」，但她還是自言自語地說：「是不是我記錯了啊。」然後走到後面泡茶了。
女孩依舊托著腮幫子，盯著我看得好入迷。
吱喳吱喳，啾啾啾啾……
吱喳吱喳，啾啾啾啾……
今天就為這個女孩歌唱吧。
吱喳吱喳，啾啾啾啾……
吱喳吱喳，啾啾啾啾……
老闆不曉得我身上的藍。他沒發現我的模樣有多美麗，所以他不會知道我的壽命，能在毫無成見下單純地欣賞我的歌聲。
吱喳吱喳，啾啾啾啾……
吱喳吱喳，啾啾啾啾啾……
我會繼續歌唱。
期待著能夠見到你的後天。

喀鏘喀鏘男

「里田老師，請看這邊。」

喀嚓喀嚓喀嚓喀嚓！

我不介意沐浴在刺眼的光線下，但不曉得那傢伙有沒有事？他耐得住這陣閃光嗎？我本來還很憂心，結果他竟然在笑。

照理說里田應該很受不了刺眼的光。他絕不開房間的窗簾，一年到頭都窩在屋子裡，不會照到陽光，過著猶如土撥鼠的生活。這就是里田野呂間。

他現在會不會是假裝在笑，然後趁機閉著眼睛呢？

里田的頭髮交織著黑白兩色。四方臉的中間有個塌鼻子，鼻子底下和下巴蓄著灰色鬍子，厚實的嘴唇則是在難得鬆開的時候，能窺見佈滿牙垢的黃牙。

他的鱉甲眼鏡是老花眼鏡。里田對於自己身為作家卻擁有良好視力感到羞恥，年過五十之後終於需要眼鏡，讓他心裡竊喜不已。他穿的服裝是毫無特色的白襯衫和牛仔褲，但其實那套襯衫和牛仔褲是為了這一天精心挑選過的。都不是新品，看起來已經洗到鬆垮垮了。里田正在努力營造出自己寫作到一半突然接到電話，急急忙忙前來出席的形象。

他意外是個神經質的男人。這就是里田野呂間。

「您首先最想向誰報告這個好消息呢？」

「我想告訴已故的夕子。」

這麼回答的是站在里田身旁，一名年輕又貌美的女子。

她身上穿著得體出色的白色西裝，盼望得獎通知已久、倍感光榮的堅定心情全表現在服裝上。黑色長髮整齊服貼，妝容自然，肌膚宛如水煮蛋一般。她走過的人生大概只有里田的一半，所以細胞才會如此水潤年輕。

她為已故的朋友寫了一封長信，朋友的母親讀過之後便鼓勵她：「這封信應該要讓更多人看到啊。」她心想可以藉此為朋友祈求冥福，便把信改寫成小說，報名參加了大賽。這部作品得到準入賞獎，受到雜誌刊載，更榮獲了芥川賞。不但參賽原因令人印象深刻，還是個正妹才女。

其實所謂的得獎，我覺得一半是靠實力，一半則是靠運氣。不管怎麼說，反正她長得很漂亮。正妹都有吸引運氣的力量。

鏡頭的鎂光燈顯然都在對著她，但同時獲獎的里田當然也有得到注目。里田是成為作家三十週年的老鳥。他的名號並沒有廣為大眾所知。他這三十年來都是默默無聞。

「里田老師想向誰報告嗎？」

面對這個順勢提出的問題，里田閉上竊笑的嘴巴，看起來似乎若有所思。我立刻想起了某個男子的身影，我猜里田也是一樣吧。不過，里田並不知道那個男子的名字，所以他這麼說道。

「青年A。」

你真蠢啊，這簡直是把對方當成了罪犯。

在光芒中，我憶起那個下雨的日子。

一早就在不停下著霧氣般的雨。

里田抽著菸，與一名女子面對面坐在咖啡廳。外頭的濕氣瀰漫進店裡，加劇了沉悶的情緒。

女子穿著米色上衣，戴著鮮豔的紅框眼鏡，寬大的額頭皺起紋路，一臉不悅地交叉著手腕。

我則是被擺在桌子上。就是隔在里田與女子之間的那張桌子。我的身邊有兩個馬克杯，還有兩個倒了水的玻璃杯。我雖然耐得住煙，水氣卻是我的罩門。我在心裡擔心地想：「拜託兩位，你們絕對不能弄翻水啊。」女子的視線不時瞄向我，卻沒有要把我拿起來閱讀的意思。

我就是一份原稿。是小說家——里田野呂間的親筆原稿。

「這和原本說好的不一樣。」

女子說話了。

這家咖啡廳沒有劃分禁菸區，任由客人隨意抽菸。吧檯旁邊放著一臺黑膠唱片機，用不會擾人的音量播放著《G弦上的詠嘆調》。這首曲子深受全世界的喜愛，連里田這個單身漢也常在狹小的屋子裡放來聽。所以我也聽過好幾遍了。我覺得這首曲子實在太好聽了，真是一首完美無缺的曲子，但同時也感受到好像會有壞事發生的預感。

有這首曲子作為背景，我實在無法想像會有好事降臨。

看吧，我猜的沒錯，女子的表情十分嚴肅。

「我要向您拿的是原稿。」

真失禮啊。本大爺就是貨真價實的原稿。

女子對里田使用了敬稱，語氣卻顯得很粗魯。她的態度與其說是施壓，更像是要一刀兩斷似地不留情。哎呀，我猜里田的作家生命可能就到此為止了吧。

女子是大型出版社的編輯，負責里田的作品快要十年了。這名女子有個叫做山下的名字，里田卻稱她為ＢＢ。這並不是米色上衣的縮寫，而是醜陋美女的意思。是指她長得漂亮端正，可是內心卻很醜陋。對我來說有點難懂。我只明白這是里田拐彎抹角的心聲。知道這個稱呼的意思時，她微微一笑，說了聲不敢當。她似乎是為美女的稱讚表示謝意，並裝作沒聽到醜陋的部分。簡單來說就是個有智慧的女人。

「完成的原稿就在那裡啊。」

里田在菸灰缸裡捻熄還剩很長一段的菸，緊接著又拿出另一根，用百圓打火機點火。他大概是為了隱藏受傷的內心在耍帥吧。

「別說了，妳快帶著那個回去。」

看來這是以粗魯之道，還治粗魯之身的手段。

氣氛僵到最高點了。所以我才說詠嘆調不適合。沒有更愉快一點的曲子了嗎？《土耳其進行曲》之類的怎麼樣？要莫札特的。不能用貝多芬的《土耳其進行曲》。貝多芬版本的一開始還不錯，但是接下來會有一股漸漸迎向滅亡的氣息。這只是我的個人見解。

但現在店內是詠嘆調氣氛的世界，ＢＢ也不打算伸手碰我。

「我沒想到自己竟然有一天會親眼看到《喀鏘喀鏘男》。」

ＢＢ看起來泫然欲泣。現在的她，外表和內在都變成很醜陋的模樣。

沒錯，我就是《喀鏘喀鏘男》，是標題宛如日本民間故事一般的短篇小說。我和里田的交情嘛，我想想哦……到現在已經快要三十年了。

ＢＢ並不曉得這件事。只有里田和我才知道。

「真是惡夢。」

ＢＢ硬是擠出聲音說道，眼角泛起了淚光。

想哭的是我才對好不好。

里田說：「妳似乎不太滿意的樣子。」接著他嘆了一口氣，吐出二手煙，我的標題名稱瀰漫在煙霧之間。

「妳明明連讀也沒讀過。」

我已經氣到要胃出血了。

覺得我們沒有胃的各位讀者，其實原稿就是靠胃完成的啊。一旦破掉也會流血。如果你是看不見這副景象的人士，拜託別和出版這一行扯上任何關係。

ＢＢ在彷彿聽見我抗議的精準時機點，像要對抗二手煙似地落下一句「這是用來讀的嗎」，手握住了裝水的玻璃杯。哎喲喂呀，我以為她要往我身上潑過來了。但她沒有這麼做。她大口喝下那杯水之後，開口這麼說道。

「這是舉手投降的暗號吧。這在業界出名得很。里田野呂間的《喀鏘喀鏘男》等於舉白旗。是寫不出來，稿子開天窗的意思。結果我真的碰上了，沒想到我本人會收到這個暗號！」

BB不吐不快似地說出最後一句話，她的口水噴到了我的身上。雖然至少不是里田的口水，被噴到的感覺還是不太舒服

里田自言自語地說：「我還以為妳會很高興。」他是個說謊成性的男人，但最麻煩的就是偶爾也會吐露真心話。我猜八成沒有人能理解他話中的真意。

BB瞪著里田。

「您把我當成什麼了？」

她奪走里田的菸，把菸捻熄在菸灰缸裡，再將喝剩的水倒進那個菸灰缸中。

「這十年來，我一直在忍受老師的二手菸；等於我罹患肺癌的機率增加了。我也忍受了您的拖稿；等於我的壓力值提高了。我要背負來自總編的施壓，還要承受業務部的數落，幾乎可說是沒有升職希望了。我一忍、再忍、又忍，一心一意地等著老師的原稿。」

里田擺出一張苦瓜臉。

「我想要的是《水黽刑警 京都辦案篇》。距離《水黽刑警 神戶辦案篇》後已經過了三年了。」

里田一臉不耐煩，「說這部銷路很差的人就是妳吧。」

「《水黽刑警 神戶辦案篇》確實不暢銷，可是在那之前的《水黽刑警大阪辦案篇》大賣了。系列作品本來就會有每況愈下的趨勢，不管是總編還是業務部都不會給好臉色，可是我感覺到《水黽刑警系列》的可能性了。說老實話，就算沒有立刻大賣也沒關係，只要能成為禁得起歲月考驗的作品就好。因為我自己非常喜歡。」

「妳說什麼？」

「我是指作品啊。我喜歡的是作品！收到老師的投降暗號，我怎麼可能高興得起來？」

ＢＢ的臉上掛著抵死不肯伸手碰我的表情。

里田開始哼起歌來了。配合著《Ｇ弦上的詠嘆調》在哼歌。他已經進入了自己的世界。ＢＢ明白這個舉動是在示意話題已經結束了。

ＢＢ取下眼鏡，用手帕掩著眼睛。

她的確是個美女，美到讓人納悶為什麼還沒嫁出去。她的個性肯定很差。

里田停止哼歌後，便一把將我裝進牛皮紙的大信封中，放到皺巴巴的皮革包裡。

「不是京都，換成和歌山可以嗎？」

ＢＢ滿臉錯愕，然後收起手帕，戴上了眼鏡。接著她擺出實在不太好看的微笑。

「和歌山？以故事背景來說好像有一點不起眼耶。」

「不滿意的話我就不寫了。」

「沒關係！請以和歌山作為背景。那取材呢？」

「我自己來就好。妳去守著赤森健吾吧。」

里田的冷淡口氣讓ＢＢ沉默了。

《Ｇ弦上的詠嘆調》果真是一首製造悲哀情境的不祥曲目。

里田一臉不悅地站起來，走出了店外。

里田邁出腳步。他不停走著走著。

這傢伙是要去小鋼珠店吧。里田需要喧囂聲。他需要以此消除與ＢＢ對話的記憶。我也好需要喧囂聲。

我在輕輕一瞥下就被退回了，丟光了身為原稿的臉。這種遭遇當然不是第一次。像剛才那樣的一來一往已經重覆過好幾次了。

不過至今的對象都不是ＢＢ。ＢＢ對我們來說是特別的存在，我們覺得她說不定與眾不同。她是最後的堡壘，也是最後一線希望。然而悲哀的卻是她也和其他人一樣。

啊啊，真是空虛。煩死人了。不去一趟小鋼珠店怎麼受得了。

然而一路上都沒找到小鋼珠店。里田的髮絲上滴著水珠。這個大叔仰頭一望，看來他總算發現現在正下著毛毛雨。雲層厚重，沒有停雨的跡象，不過傘忘在咖啡店了。待在包包裡的我目前平安無事，但要是繼續淋雨下去就危險了。我真希望里田趕緊找個地方躲雨。

里田把包包抱在胸前，一籌莫展地停下腳步。他不曉得什麼時候來到一條陌生的商店街。這裡可不是讓一個邋遢的男人在大白天裡走來走去的地方。

里田彎身鑽過了藍色的門簾。因為這裡是離他最近的店，又正好有開門營業。

店裡擺著玻璃櫃，裡面卻沒有像樣的商品，只放著一本書和一臺老舊的音樂盒。那本書是《小王子》。

里田突然露出懷念的神情。

從店面的外觀來看，我本來以為這裡是一家骨董店，不過商品未免也太少了一點。和室房裡有隻蜷成一團的白貓，牠一眼也沒有瞧向里田。看起來簡直就像標本，但牠卻打起了哈欠。這麼說起來，我從來沒看過貓的標本。是不是在倫理上難以容許呢？那為什麼換成狸貓或狼就可以接受？

在和室房一角的文几上有一疊厚厚的紙，里田應該有發現那其實是點字書。以前他曾將故事主角的朋友設定為盲人，寫過一部公路推理小說。他就是在那個時候學到點字的相關知識。他甚至還親自挑戰過打點字。那是個讓人肩膀痠痛的工程。

「歡迎光臨。」

有人從後面走了出來。是一名身材高挑的青年。

「請上來坐吧。」

「嗯。」

里田連這裡是什麼店都不曉得，卻還是聽話地脫鞋進去了。

與喧囂的小鋼珠店恰恰相反，這裡是一家靜悄悄的店。里田以武士自居的口吻說了聲「感激不盡」，收下青年遞給他的手巾，拿來擦了擦包包。比起自己，他先關心包包，因為裡面放著重要的我。

我並不是里田的白旗，反而是宣戰通告。是對出版界的宣戰通告。不，我才不是那種小家子氣的東西。是向這個世界，向人生，向里田自己發佈的宣戰通告。

為什麼編輯都不懂呢？

這個名叫里田野呂間的作家對出版界而言是可有可無的存在嗎？

「雨好像一直下個不停耶。」青年說。

「你是打工的嗎？」

「不，我是老闆。」

里田忽然露出了興致勃勃的眼神。這家店雖然老舊，老闆卻看起來年紀很輕。

「那張文几上的是點字書吧。你正在讀什麼書？」

「《父親的帽子》。是森茉莉[5]的書。」

里田一臉詫異。

「哦！是散文集啊。竟然會去讀森茉莉的書，你還真是老派耶。你喜歡她嗎？」

老闆搖了搖頭。

「這是幫我點譯的人挑選的書。對方是做義工的女性，她當時告訴我這是一部小說。這其實是散文集嗎？聽你這麼一說，讀起來確實是有這種感覺。」

「《父親的帽子》被歸類為散文集哦。但是從明治時代到昭和初期的作家，都有大量生產私小說的傾向。所以廣義上來說，要當作小說也是可以的。」

里田心情好的時候，話會變得越來越多。

「當時的風潮認為私小說才稱得上小說，所以在文壇上也發生過視其他作品為邪門歪道，甚至可以說是看不起的情況。像芥川龍之介那樣鑽研著一字一句，連文章結構也傾注心力的作品，並不像現在這般深受好評。芥川本人在晚年的時候否定自我，投入沒有故事性的作品風格，轉而站在讚賞志賀直哉[6]的那一派。不過，實際上他真的尊敬志賀嗎？而且我覺得問題更大的是私小說啊。將他人的人生或個人情感一一羅列下來的作品，讀起來到底有什麼意思。甚至還否定了創作，這種作為根本是在否定故事嘛。」

「原來如此。」

聽著里田亂來的怨言，老闆似乎是真心感到佩服。可是我卻突然擔心了起來。因為在里田的心底，在內心深處，沒錯，我覺得他的靈魂好像開始有了十分危險的扭曲心態。

5 森茉莉（1903-1987），日本文豪森鷗外之女，以散文集《父親的帽子》榮獲日本散文家俱樂部獎。

6 志賀直哉（1883-1971），被譽為「小說之神」的白樺派作家。

我是這麼想的。作家會撒下各式各樣的謊言來構思故事，可是自己的靈魂不能說謊。我認為作家必須成為這個世界上最老實的人。

「不是啦，該怎麼說呢，像是傾向之類的，其實這都無所謂，只要讀者不介意就好。可是森茉莉她啊，她有戀父情結。她的散文文體充滿幽默感，讀起來是不錯啦，不過那種像是耽美小說的內容，實在是讓男人讀不下去。」

終於，里田忍不住想要貶低對方了。我也不是不能理解他的心情。如果不看扁自己以外的作家，實在很難撐得下去。所有從零開始在創造世界的作家，每個人都要以神自居，必須當個自戀狂才行。個性老實卻同時又特別自戀。所謂的作家在人格上通常都會有一點缺憾。

老闆說：「我現在只讀了開頭而已。」

這是不表示贊同或是否定的公正態度。

「相澤女士她⋯⋯相澤女士就是那位做點字義工的女性，她希望透過有關家庭的小說，多認識一點所謂的家庭。她覺得讀物本身也存在著這樣的意義。」他客氣地補充。

「家庭啊。」

里田瞄了一眼裝著我的包包。

「森茉莉的問題就在於她的眼裡只有父親。畢竟有森鷗外[7]這個大人物當父親，當然會對周遭的男人不屑一顧嘛。」

里田這麼說完後嘆了一口氣。

「不曉得有多少人會對市井小民的父親感興趣呢？」

里田像在詢問著自己似地自言自語。

我好喪氣。既然里田對我沒有信心，那也僅止於此了。

我誕生自里田之手，是里田正式成為作家前的作品。我被送到純文學的新人大賽上，在初審階段落馬。我是一份被退回來的稿件。

7 森鷗外（1862-1922），日本近代文學史上極具代表性的作家之一。

里田在成為作家之前毫無節操，科幻、恐怖、推理、純文學，他分別寫了各個領域的作品送去參賽。他不拘泥類型和文體，是個行事隨興的男人。他曾經大言不慚地表示：「成果會為你指出適合自己的容身之處。」寫作然後吃飯。里田講究的只有這樣而已。

最後，他以推理小說拿到了新人獎，正式出道成為作家。在高中畢業首次投稿後又經過了五年，這時候的他二十三歲了。里田沒有讀大學，身邊也沒有會反對他選擇當作家的家人在。

接下來的三十年，他以名不見經傳的推理作家身分苟延殘喘。實在讓人很難相信這就是他以前曾說過的那個容身之處。

推理小說在世界各地都有名著，每年也會出產眾多作品。像是去年出道的赤森健吾，不僅學歷高又是年輕帥哥，是現在大受矚目的新銳推理作家。

其實進這家店看到文几上的點字書後，我曾經一度懷疑那該不會是赤森的作品吧。我猜里田八成也是這麼想的。當他發現不是之後便鬆了一口氣，才會一開口就滔滔不絕。赤森的存在對里田而言就是如此巨大的威脅。

與赤森的人氣成反比，里田的工作少了一個又一個，現在只剩下《水鼉刑警系列》而已。而且也如同BB所說的，一點也不暢銷。

最糟糕的地方就是，里田本人對於這個系列也沒有熱忱。畢竟寫了三十年的推理小說，他在下筆的時候頂多只會想著：「只要這樣寫，那群編輯大概會說OK吧。」

這個現況讓里田感到十分痛苦。如果沒辦法在下筆時拿出近乎嚴肅的態度，寫作就只是一件苦差事。硬寫出來的作品就算騙得了編輯，也騙不了讀者的眼睛。人氣不但會一落千丈，作家地位也會變得越來越低，前途渺茫。

其實里田早在三十年前就預測到這個結果了。於是他從出道前的落選作品中挑上我，三十年來持續來回修改。他偶爾會把我帶在身上好讓編輯過目，然後不斷像剛才那樣，還沒讀過就被退回。初稿變得縐巴巴的，甚至還破掉了。現在的我則是第五稿。

事先聲明，我並不是代表白旗。說成宣戰通告雖然有點誇張，但我就是一張最終王牌。我就像是用來測試里田還有沒有辦法繼續當個作家的石蕊試紙，所以里田希望讓我接受讀者的評斷。他覺得在受到公評之後，如果我不受好評，那也只好引退了。

可是在編輯的眼裡，他們似乎只看得見自己想要的原稿。大家連碰也不會碰我。在里田的書比現在暢銷的那段時期，編輯都告訴他現在用不著拿這個出來，完全不把我當一回事；在赤森嶄露頭角、里田的人氣直直落之後就更不用說了。他們根本看也不會看我一眼。

可是沒想到連ＢＢ的態度也是如此斬釘截鐵。里田現在非常沮喪。我可以保證。

「這裡是什麼店啊？」

里田總算開口問了他從剛才就很好奇的事。

老闆回答：「這裡是寄物商。」

「什麼是寄物商？我從來沒有聽過。」里田老實地表示。

老闆像是覺得這樣很正常似地點了點頭。

「一天一百圓，什麼都可以拿來本店寄放。寄放一星期就是七百圓。費用是事前付款。即使在訂定的期限之前提早過來，本店也不會退還差額。除此之外，如果客人最後沒有前來領取，物品便歸本店所有。」

里田問：「僅限會員嗎？」

「不，任何人都可以光臨本店。就算只來消費一次也沒關係，來光臨過好幾次的常客也一樣是一天一百圓。」

里田露出一頭霧水的表情。

「到底是什麼樣的人會來這裡？」

「什麼樣的人……您是指？」

「年輕女子？老奶奶？不良少年少女？像是很詭異的組織之類的？還是有罪犯會來湮滅證據？」

老闆搖了搖頭。

「因為我的眼睛看不見，並不曉得客人的外貌，更何況我必須保護客人的隱私，所以無可奉告。」

「是哦。」

里田看似佩服，又好像半信半疑，用不上不下的態度將我從包包裡扯了出來，突然把整個牛皮信封遞到老闆面前。

「這個也可以寄放嗎？」

「可以，當然沒問題。」

我著急了。里田，你打算拋下我嗎？拋下陪你走過三十年的我？

「你知道這是什麼嗎？」里田問。

老闆小心翼翼地摸遍了我。

「是放在大信封裡的……一疊紙吧。」

「是啊，那你應該知道這是什麼吧？」

「是一疊紙。」

老闆語氣果斷地答道。

我目瞪口呆。里田的表情也是一樣。我的身上凝聚了里田三十年的歲月，是里田的血淚及汗水的結晶。可是對寄物商而言，我卻是「一疊紙」。大概對這個世界上的所有人類，對除了我們以外的所有人類而言，我就是「一疊紙」，是個可燃垃圾。

里田一語不發地僵在原地好半天。

「你好！」

一名少年氣勢洶洶地飛奔進來，讓店內的靜謐空氣突然有了波動。

「啊，對不起。現在有客人啊。」

他看起來大概是個國中生吧？少年尷尬地停下腳步，手裡收起的傘滴著水，然後伸手搔了搔腦袋。

里田開口說了一句「不用介意我」。接著他格外和顏悅色地說：「你先請吧。我現在不急。」他說不定覺得少年的現身解救了自己。

「謝謝！」

少年似乎高興極了，完全沒有要客氣的意思。

我鬆了一口氣。現在不但可以暫時不管寄放我的事，又能趁機觀察一下這家叫做寄物商的怪店。

老闆說著「我明白了」，把身為「一疊紙」的我疊在文几的點字書上。他的細心舉動讓我放鬆了不少。老闆請那名少年上來和室房，但少年好像懶得脫掉運動鞋，直接站著從書包裡拿出一本書，隨著兩百圓一起放在榻榻米上。

「我要把這個寄放到後天。」

里田露出驚訝的神色。我也同樣嚇到了。

少年要寄放的東西，就是里田野呂間的《水鼉刑警 大阪辦案篇》。這是系列作品中最暢銷的一本書。

老闆接下書之後，並沒有過問少年這是什麼，而是檢查了一下金額無誤，然後開口確認對方的名字：「是上田和彥弟弟吧。」他好像是透過聲音得知對方的身分，看來少年應該是個常客。

「對！我是上田和彥。」少年說。

少年已經在準備開傘了。動作迅速得就像來買得來速一樣。

里田開口詢問上田少年：「你為什麼要寄放這個？」

上田少年擺出這有什麼好問的、你竟然連這種小事也不懂的表情，不耐煩地說：「因為明天要考試。」

「考試？」

「是期末考。就在明天和後天。考試前社團活動會暫停，我就買了這個當作唸書之餘的消遣。結果這本書超級有趣的。真是失策。要是擺在身邊會讓我唸不下書，只好先拿來這裡，等考完試再繼續讀下去。」

里田嗯地低吟了一聲，「真的那麼有趣嗎？」他問。

「恕我拒絕。」少年激動地說。

「我才不會借你。我是不借書給人主義者。把書借出去之後就要不回來了。我過去曾有過非常糟糕的經驗。」

「過去？」

里田覆述了一次。我也覺得很納悶。一個國中生會有什麼「過去」

嗎？這個嘛，呃，也不能說沒有啦。畢竟對這個年紀的人來說，一年前就算是好久以前的往事了。

「我不敢相信別人了。如果你想看就自己去買吧。里田野呂間！」

「什麼？」

「這是作者的名字。在我還是小毛頭的時候，有從爸爸的書架上摸來看，但這本是我用零用錢買的。《水黽刑警系列》。明明內容這麼有意思，最近的書店都沒有擺出來。不過只要上網就買得到了哦。」

少年這麼說完，便走進雨中消失了。

里田一臉詫異，望著少年離去的方向。

現在仍下著毛毛雨。我覺得自己好像做了一場奇妙的夢。里田一定也是同樣的心境吧。少年嘴上說著什麼「小毛頭」還是「摸來看」之類的，感覺上是個說話古怪的國中生，但這就是他迷上里田作品的證明。因為作品裡幾乎所有角色都說著老掉牙的落伍臺詞。

老闆說：「真是失禮了。我先去把這個收起來，請稍等我一下。」接著他便帶上里田野呂間的書消失在後面。

里田盯著被擺在文几上的我。

有一個少年說他的作品超級有趣。還說他要等考完試再繼續讀下去。

里田，你有什麼感覺呢？

「我還能繼續寫下去嗎？」里田自言自語。

我回答：「你能繼續寫下去的。」

《水黽刑警》是一部不得了的作品，我非常喜歡哦。里田擁有創作故事的才華。接下來只要寫出《水黽刑警 和歌山辦案篇》就好了。你也可以寫京都，寫沖繩也行，甚至寫到海外篇。你不用在意什麼工作。隨心所欲地寫就好。只要寫好交出去，ＢＢ一定會出版成書。這不是為了里田，而是為了讀者，為了公司。就算沒辦法馬上賺到一大筆錢，里田你也一定會成功……即使走不到那一步，你的作家人生還是能持續下去。或許這樣改善不了苟延殘喘的現況，但也因為如此，你在這一次，在下一次一定會更加努力。這才是所謂的作家不是嗎？

那麼你的首要之務，就是必須認同我的存在。我並不是透過精彩詭計來嚇讀者一跳的作品。畢竟我本來就不是推理小說，也不是愛情故事。我是一部很難在書腰印上震撼宣傳文字的作品，也是一部讓編輯叫苦連天的作品啊。

可是裡面寫著人類的事。人類本身就是一部故事了吧。

里田，你很像芥川龍之介，你們都對自己的作品缺乏信心。我覺得就是因為擁有才華，才會對作品沒有信心。才華必定會伴隨恐懼與不安。評價新事物本來就是一件難事。正因為與眾不同，才會產生相應的風險。

我希望你相信我。因為你對我沒有信心，才會讓編輯以為我代表了白旗。問題不是出在出版界。而是來自你的態度。

你聽好了。我就是你。我就是你本人。要拿出信心啊。

老闆回來了。

「讓您久等了。那麼我們繼續吧。」

「有個叫做里田野呂間的作家嗎？」

里田裝傻地丟出這個問題。

「不曉得他的書有不有趣。但畢竟是國中生的推薦嘛。我這種老頭子讀起來可能會覺得不夠味吧。」

這時候老闆開口了。

「我覺得各個年齡層的讀者，都會喜歡里田野呂間的作品哦。」

「你有讀過嗎？」

「我沒有讀過《水黽刑警》，可是我在學生時代讀過好幾部他的早期作品。」

「你現在已經不讀了吧？是覺得膩了嗎？」

「不是的，我現在只是專心在讀相澤女士的選書。如果老是讀自己選的作品，世界就會變得很狹隘。」

「所以你才會讀森茉莉啊。」

「是的。我現在閱讀的類型已經變得很廣泛了。」

「但你應該還是有個人喜好吧？你有什麼推薦的書嗎？呃，就是里田野呂間的書。不過話說回來，你不覺得這個什麼野呂間的真是個怪名字嗎？」

「那好像是『愚鈍』的古語哦。作家本人以前曾說過這件事。」

「里田野呂間嗎？」

「是的，好像是在廣播之類的場合上提到。」

里田歪了歪頭。他大概不記得自己年輕時有說過這件事吧。他的確是以愚鈍的意涵取了這個筆名。

我覺得有一點想不通。這個老闆，似乎可以聽聲辨人的樣子。如果他以前曾在廣播裡聽過里田的聲音，是不是早就發現眼前的男子就是作家本人了呢？

不，這怎麼可能。他不可能記得那麼久以前聽過的聲音。而且里田的聲音也變老了。如果有辦法聯想在一起，他就是夏洛克・福爾摩斯了。要是他真的那麼有才氣，哪會在這種商店街角落做什麼寄物商生意。

老闆若有所思地沉默了一陣子，最後這麼低語道。

「最令我印象深刻的作品就是《鴿子的任務》了。」

這一記出其不意似乎嚇到里田，他的肩膀抖了一下。

「《鴿子的任務》？」

「是啊，我很推薦這本書哦。如果您從來沒有讀過里田野呂間的書，不妨從《鴿子的任務》這本讀起。這是一個在講述即將退休的老魔術師的故事。」

里田看起來有些不知所措。聽著外人在眼前解說自己的作品，感覺一定很難為情吧。更何況當了三十年的作家，作家本人可能都忘記早期作品的細節了吧。

不曉得老闆是因為年輕還是天賦異稟，他的記憶力似乎很優秀，只見他開始談起學生時代讀過的作品細節。

「在魔術秀的途中有一個觀眾會死掉。因為老魔術師是某個電影女明星的粉絲，他要向害女明星陷於不幸的男人復仇。那個老魔術師的形象實在很滑稽，一頁頁看下來都充滿笑點。其中的圈套讓人出乎預料。我記得是……這個嘛，對不起，我忘記內容了。」

我鬆了一口氣，里田看起來也像是放下了心中的大石頭。里田根本不記得那個圈套吧。因為當時的他就像在製造工業產品那樣寫出一部又一部的作品。

「雖然作為推理小說也是很有看頭，但最大的醍醐味並不是在那裡。魔術秀的內幕是一段讓人印象深刻……充滿了悲哀的故事。像是提到他為什麼要成為魔術師等等。會逐漸揭開魔術師與女明星之間的關係。啊，對對對，最有意思的是這些全是透過鴿子的視角來敘述。就是被放在魔術師的燕尾服內袋、要一直忍耐到登場為止的鴿子視角。是沒有名字又短命的鴿子。啊，對不起！」

老闆張大手掌摀住了自己的嘴巴。

「我洩漏太多劇情了。萬一讓您覺得這樣就像已經讀過一遍，最後沒有實際去讀小說的話，我就太對不起里田野呂間了。」

「不不不，我一定會讀的。我突然很想讀讀看。回去的時候立刻順路去買吧。如果書店沒有的話就請店員幫忙訂。因為我好像和網路購物犯沖的樣子。我大概會在書店訂吧。這樣啊，原來你喜歡那本啊。」

里田吸了一下鼻子。

「您怎麼了嗎？」

「我沒事，大概是剛才淋了雨，有點感冒了吧。」

「這可不好了。請您稍等一下。我去拿熱的飲料過來。」

里田還來不及阻止，老闆就已經走到後面了。

里田看起來完全恢復了好心情，正在用鼻子哼著歌。這不是話題到此結束的暗示，而是自然而然地在哼歌。他哼的是韋瓦第的《四季》。是第一樂章的《春》。是遠比《G弦上的詠嘆調》活潑許多的曲子。在咖啡廳發生的那些事情都從他的腦中消失了嗎？看來比起小鋼珠店的喧鬧，與寄物商談天說地似乎更能有效消滅憂鬱，這真是一件令人開心的事啊。

這傢伙究竟有沒有要把我寄放在這裡的打算呢？他是來真的嗎？

就在我開始聽見燒熱水的聲音時，一名女子鑽過了門簾底下。

「奇怪？」

女子一邊收著傘一邊看著里田，然後在店內東張西望，接著再度看向里田。

「老闆呢？」

面對著年紀顯然比較大的里田，她的語氣聽起來相當失禮。

「他在後面燒熱水。」里田說。

「原來有客人在啊……」

女子一臉遺憾。她的年紀應該接近三十歲吧。黑色的頭髮紮在身後，打扮得十分不起眼，手上還拿著鮮豔的藍色布包。那是個品味很差的顏色。裡面似乎裝著什麼，看起來很重的樣子。那個包包就成了她的最大特徵。

「妳是老闆的女朋友嗎？」

里田提出了文不對題的疑問。

那個老闆有這樣的女朋友？怎麼可能啊。原來如此，里田是在耍人吧。故意提出與事實完全相反的問題來動搖對方，再藉此引導出真相。女子會向他否定：「不是的，你誤會了，我是——」接下來就會提到寄物的事，可以打探出對方要寄放什麼東西。這就是里田打的如意算盤吧。

真受不了當作家的傢伙。

大家要小心哦。作家只會把人當作寫作的題材而已。

女子盯著里田，點了點頭。她的嘴角泛起淡淡微笑。

騙人的吧。這個女的是老闆的女朋友？

因為男朋友的眼睛看不見，她才會穿得這麼愚蠢，打扮得如此不起眼嗎？她的外表雖然是這副模樣，但其實她有一顆無比善良的心，或是擁有非比尋常的能力，是個魅力十足的女人嗎？

她的長相沒什麼特色。一身不起眼的打扮再配上那張臉，就算她犯下了什麼罪，從目擊者身上也問不出有力的證詞吧。讓人留不住印象。其中最深刻的只有藍色包包，不過光是這樣也很難畫出通緝犯的頭像吧。

老闆是個文靜的男子，但令人印象深刻。即使與華麗是相反的兩極，他的一舉一動卻很有氣質。聲音動聽，舉止又優美。相較之下，女子的動作和言談都粗里粗氣，與老闆毫不相襯。

「去叫他一下，他應該就會出來了。」里田說。他果然在鬧著女子。

女子從包包裡拿出紙袋，強硬地塞到里田手上說：「幫我把這個交給他就好。」

里田一臉詫異地說了聲：「喂！」然而女子卻留下一句：「最好早一點給他。不然會冷掉。」接著便揚長而去了。

明明前一刻還那麼神氣傲慢，最後卻被對方的步調拉著走。這就是里田野呂間。

雨還是繼續下個不停。雨勢好像變得有點大了。外頭的濕氣也漫到了店內。老闆用托盤端著茶走出來。他的鼻子似乎很靈，開口說：「有誰來了嗎？」

里田說：「這是你女朋友送的禮物。」把紙袋遞給了老闆。

老闆接下紙袋，嘆了一口氣。

「是鰻魚啊。」

「是啊，是鰻魚。是兩人份的鰻魚便當。是鰻魚飯老店最高檔的便當。現在還熱著。她說要趕快趁熱吃哦。我猜你的女朋友應該是想和你一起吃吧。勸你立刻打通電話給她比較好，還是傳簡訊？現在流行用Line吧？我也搞不太清楚。」

老闆搖了搖頭。

「我不知道她的聯絡方式。」

「她不是你的女朋友嗎？」

「我沒有這樣的對象。」

店裡鴉雀無聲。不過老闆似乎知道對方是誰。

里田喝了口茶，開口說：「真好喝。」抱著紙袋不發一語的老闆抬起了頭來。

「您喜歡鰻魚嗎？」

「非常喜歡。」

「您要不要和我一起吃呢？」

「可以嗎？」

老闆沒有回話，站起來卸下了門簾。

雨勢正大，大到看不清楚外面的程度。老闆把門窗關了起來。

雨聲變得遙遠，店裡再度恢復了寧靜。

老闆和里田兩個人一邊吃著高級鰻魚便當，一邊聊著里田野呂間的作品。當然里田仍舊沒有表明自己就是里田野呂間，裝成一副不知道內容的模樣在附和話題，然後大口吃著便當。

「在里田野呂間的作品裡看不到父親的存在。」

老闆像是現在才突然發現似地這麼說道。

「雖然只限於我讀過的作品，可是現在仔細想想，不管哪個角色都沒有父親。而且這並不是把沒有父親的設定當作故事主題，而是從頭到尾都不存在。說不定他後期的作品裡就有出現了。真想讀讀看里田野呂間寫的父親。」

我對寄物商老闆說：「你要看看嗎？」我的裡面就有寫到父親。雖然描寫得相當古怪，也只有擦上一點邊，不過內容的確有提到父親。

里田用平靜的語氣問道。

「你父親是什麼樣的人？如果你不想說的話也不用勉強。」

老闆輕輕搖搖頭，稍微想了一下這麼說：

「我是有父親，但是他的存在對我來說十分薄弱。我把父親從自己的意識中消除得一乾二淨。也許這反而代表了我很在意他。可能我就是因此才會注意到里田野呂間的小說中沒有出現父親吧。」

「父親不在啊。」

「是的。」

「不過，這並不是指我的父親是個糟糕的人。我無法說明得很清楚，但他其實就是一般的普通人。所以，我才會覺得自己故意迴避父親的舉動，似乎就代表了自己的軟弱，讓我耿耿於懷。」

「嗯。」

「抱歉，我今天特別多話。」

「不會，我很高興的。只是躲個雨竟然還能被推薦好書，又被請吃鰻魚飯。不過剛剛那個女子，就這樣不管她真的好嗎？」

老闆說：「我覺得這樣不太好。」

「她究竟是誰啊？」

「她是客人。」

「但這是她送的禮物吧？」

老闆從原本裝著鰻魚便當的袋子底下撿起一百圓硬幣給里田看。

「這是拿來寄放的東西。」

「可是我們吃掉了耶！」

里田提高音量。我和里田都以為這真的是禮物。雖然老闆說他沒有女朋友，但我們以為對方可能是他的兒時玩伴、認識的朋友，又或是今後可能會成為女朋友的對象等等，兩人之間有一段私人交情。

「可以把客人寄放的東西吃掉嗎？」

「我覺得不可以。」

「我們已經吃了啊！」

老闆低下頭應了一聲「是啊」，嘆了一口氣。

「其實那位客人從來沒有把東西拿回去過。」

老闆，這樣好嗎？你有保密義務啊！

「沒有拿回去過？一直寄放在這裡？她是何方神聖啊？你知道她的名字嗎？」

「知道。我只知道她的名字。啊，對不起。因為有保密義務，我不能再繼續說下去了。」

我猜老闆應該有過好幾次經驗了。

因為客人沒有回來拿，食物只能報廢處理。今天大概是他第一次打破規矩，趁熱把食物吃掉吧。老闆說他覺得這樣不太好，光看他的神情就能猜到了，老闆對女子的存在感到很苦惱。

老闆今天應該是為了她吃掉的。覺得自己不能每次都浪費掉人家特地送來的禮物。現在他不是一個人，還有里田在一起，所以最後才有辦法成功打破規矩吧。老闆看起來不像是會無緣無故觸犯規矩的男人。

寄放的物品會保管到期限為止，超過之後就會歸老闆所有。這就是寄物商的規矩。可是她的目的是「送禮物」。會三番兩次地送禮物來。現在老闆總算舉手投降，收下了她的好意，但這對老闆來說卻是一件「不好的事」。丟掉她的心意讓人心痛，打破規矩也會感到心痛。

我很掛心老闆的用心良苦，然而里田卻是一個滿腦子只想到自己的男人。

「關於那疊紙——」里田已經把話題轉到自己的事上了。

「可以讓我說明一下那樣東西嗎？」

「要說明使用方式嗎？」

「不是，是關於裡面的內容。會占用你一點時間就是了。」

「好的，了解客人寄放的物品細節就是我的工作。」

「嗯。」

老闆把兩個已經吃完的便當盒收拾乾淨，重新端正了坐姿。

里田喝光了茶，厚臉皮地要求再來一杯，並說著：「你也不要客氣，儘管喝吧。」口氣聽起來就像把這裡當成自己家一樣。老闆回到後面重新泡了一壺茶，乖乖照著里田說的做了。

一切準備妥當後，里田開始談起了我。

「那疊紙裡面寫著一段往事。是我朋友寫的。大概距今四十年前左右，是發生在四國內陸某河川流域的故事。」

京太現在十歲，和職業婦女的母親及慈祥的祖母三個人住在一起。母親在手漉紙工房上班，祖母以前也在那裡工作。

京太出生在村子裡，從來不曉得外面的世界。他很會讀書，運動細胞卻特別差，完全不會游泳。住在這一帶的小孩子都是游泳健將。河水對居民來說就是生活的一部分。他的母親和祖母也擅長游泳，京太卻不曉得為什麼很怕水，不敢下水游泳。他甚至連讓臉碰到水都會受不了。

京太無法去河邊玩耍。這件事成了致命傷，使得他總是交不到朋友。京太的成績很好，所以還不至於受到明顯的霸凌，可是他在學校總是待在教室角落，經常一個人在圖書室度過下課時間。體育課要游泳的時候，他都會找個理由待在一旁休息。

因為不會游泳，京太總覺得自己不像這個村子的人。他從小就有這個想法，這樣的意識一直控制著京太。

某一天，京太一如往常地在圖書室看書，此時擔任班長的三郎突然主動向他搭話了。當他們知道彼此都喜歡同一個作家後，兩人就變得十分意氣相投。三郎的成績不怎麼好，可是個性很開朗，又擅長跑步和游泳，更重要的是很受同學們的喜愛。他的身邊也有許多朋友，所以三郎才會被選為班長。他在女孩子之間也相當受歡迎，更深受老師的青睞。他對京太來說是個耀眼的存在。在這天的機緣下，京太與三郎成為會互相借書的朋友。在知道三郎也沒有父親之後，京太覺得自己與三郎的心情很相近。看著即使沒有父親也能活在光芒之中的三郎，讓京太覺得不會游泳，或者是老愛待在角落，其實都是自己本身的問題，不能把父親不在身邊當成藉口，開始會在心裡嚴厲地要求自己。

有一次，三郎約京太一起去河川上游玩。當時京太不敢坦承自己其實不會游泳。

到了假日，兩人帶著便當往上游出發。三郎說有個地方的河水看起來就像顏料一樣藍。他還說那是沒有告訴過別人的祕密地點。京太的心裡開始越來越期待。在路途中，他們看見有個男子正在河岸邊釣魚。那個人穿著破爛的衣服，模樣看起來相當詭異。

「是喀鏘喀鏘男。」三郎說。

三郎說他是住在河岸的男子，大人們都說不能和他對上眼睛，也不可以和他說話。京太的母親和祖母沒有提醒過他這些事，但這或許是因為京太不會去河邊的關係。不過，京太倒是聽說過「喀鏘喀鏘男」這個名稱。小的時候，他就常常聽見其他小孩子用「喀鏘喀鏘男」來嘲笑別人。這是在吵架中要挖苦或戲弄對方時，大家一定會罵的招牌狠話，聽起來就像在罵「你老媽是凸肚臍」之類的。傳說那是敲打河岸石頭發出怪聲的妖怪，京太也一直以為那類似於地方傳說的河童，實際上根本不存在，所以親眼目睹男子時，他非常驚訝地心想原來真的有這個人。

兩人沒看到男子的臉，但他看上去就是一個居無定所、像遊民一樣的人。

會來河邊玩耍的三郎大概經常遇見男子，京太以外的小孩可能也遇過他好幾次。

「在遇見喀鏘喀鏘男的那一天，祕密地點就會是特別漂亮的藍色。」三郎開心地這麼說。喀鏘喀鏘男對三郎來說就像一個迷信吧。

京太和三郎一起來到上游，看見了美到令人驚豔的藍色。「對吧，喀鏘喀鏘男很厲害吧。」三郎一臉洋洋得意，馬上跳進河裡玩了起來，然而京太並沒有下水。接著他坦承了自己不會游泳的事實。三郎吃了一驚，但京太能感受到他並沒有嘲笑自己。三郎毫不在意地一個人游泳，望著他游泳的京太也覺得很開心。

兩人肚子餓了，便一起在岩石上一邊看著碧藍河水一邊吃便當。京太吃著祖母捏的飯糰，三郎則大口咬下夾心麵包。京太說自己肚子很飽，把一顆飯糰遞了出去。三郎老實地伸手接下，大快朵頤了起來。

吃完飯之後，三郎又再度跳進那片碧藍中。他那自由自在的模樣與其說像魚，看起來更像是鳥。是在藍天裡自由翱翔的三郎。而京太第一次冒出了「自己也想游游看」的想法。

京太開始迷上河水後，一個人偷偷跑去了祕密地點。然而，那天的河水卻不是美麗的顏色。這次京太已經能戰戰兢兢地讓河水浸到膝蓋處了。即使不會游泳，他也可以嘩啦嘩啦地玩水。京太想著只要再多來個幾次，說不定就能學會游泳了，這樣可以嚇三郎一跳。於是他漸漸靠近水深的地方練習。

後來有一天，京太意外被河水沖走。他在水不深的地方不慎絆到腳，身體在強勁的水流中不停打轉，腳踝彷彿被什麼人抓住一樣，只能任由自己被吸入河底。想要呼吸卻喝進一大口的水。京太覺得自己就要死了。突然之間，有一股強大力量抓住京太的手臂，將他拉上河岸，強迫他吐出水來。京太因為恐懼哭了。

救了京太的人就是喀鏘喀鏘男。

他的眼白呈現黃色，用混濁的視線直盯著京太。

溺水的驚恐加上與喀鏘喀鏘男對上眼睛的恐懼，京太的心臟差點要被嚇停了。他不顧還在顫抖的膝蓋，用盡全力跑呀跑地跑走了。雖然途中摔跤了好幾回，但是山路根本沒什麼好怕的。這裡不是在水中，可以好好呼吸。京太帶著滿身瘀青回到家，沒有把這件事告訴任何人。

在這之後，京太開始拒絕三郎的邀約。他撒謊說自己必須留在家裡幫忙。三郎並沒有死纏爛打。他是朋友多如繁星、總是身處在光芒之中的三郎。京太覺得好寂寞。

上了國中後，三郎參加了棒球隊，京太則是加入文藝社，兩人的交集變得越來越少了。三郎不管在哪裡都是大明星，聽說他一年之後就成了正規球員。

在某個暴風雨的日子裡，京太在圖書室與三郎偶然重逢了。這天社團活動剛好休息。京太發現彼此對看書的喜好依然相同，心裡覺得很高興。他們最近重讀了那本之前兩人一起批評「一點也不懂哪裡有趣」的《小王子》，彼此都是到了現在才終於明白那是很棒的故事，總算能了解箇中魅力。

為什麼兩人會離得這麼遙遠呢？京太對於自己當時刻意保持距離的舉動感到很後悔。

「那個喀鏘喀鏘男，他死掉了。」

三郎默默地說道。這句話令京太十分錯愕。但是更讓人錯愕的是接下來的話。

「現在他的遺骨放在我家。」

三郎說，有人在河岸發現喀鏘喀鏘男的遺體，警方便開始著手處理。為了尋找家屬接收遺體，警方調查了遺留物品卻遲遲未果，直到火葬結束後才終於查出他是三郎的父親。

三郎的母親收到警方通知後，把遺骨帶了回來。母親好像表示現在還不是向三郎詳細說明的時候。

「我以前很小的時候，曾經拿石頭丟過那傢伙。」三郎說。

「竟然對自己的父親丟石頭耶。」他語畢後便笑了。

京太也感到很不可思議，但還是落下了汪汪淚水。京太覺得自己的腳踝似乎被一股強大力量給抓住了一樣。大概是當時被吸進河底的恐懼又重新湧上了心頭。

「其實，你的父親曾經救過我一次。」

京太一邊哭一邊娓娓道來，此時三郎突然把臉皺成一團，開始放聲大哭。嚇死人了。

京太關上了圖書室的門，三郎仍舊哭個不停。京太這輩子從來沒看過男人這樣高聲哭泣。

京太想起三郎在那個祕密地點跳進碧藍河水的身影。

「在遇見喀鏘喀鏘男的那一天，祕密地點就會是特別漂亮的藍色。」

什麼也不知情的三郎曾經這麼說過。

知道父親就是喀鏘喀鏘男，不曉得會讓人多麼震撼。

京太記得很清楚。在那個時候，就是被喀鏘喀鏘男救了一命的時候，「他會不會是我的親生父親」的想法曾在京太腦中一閃而過。

如果自己的父親就是喀鏘喀鏘男的話怎麼辦？

他感到害怕。

不曉得自己的父親究竟是何許人物的恐懼朝京太襲來。三郎也懷抱著這股恐懼一路走來，最後終於到了揭開真相的時候。儘管現在會覺得相當震撼，可是這股震撼終有結束。

而自己的恐懼將持續下去。究竟會持續到什麼時候呢？

里田說到這裡便停了下來。因為老闆濕了眼眶。

「非常抱歉，本店無法保管這個。」

老闆用手背擦掉淚水，低聲說道。

里田沒有過問原因，嘴上說著「也是嘛」，把我放進包包之後穿上了鞋，起身打開拉門。雨已經停歇，陽光灑落下來。

里田露出覺得刺眼的表情。

接著他道了聲再會便離開了。里田沒有對便當的事表達謝意，也沒有感謝老闆乖乖聽他說故事還提供了美味的茶。他只在跑進店裡躲雨、接下手巾的時候說了聲「感激不盡」。里田口中最像樣的感謝詞只有這句而已。

里田每次光是要處理自己的事就一個頭兩個大了。老闆，你就原諒他一下吧。

里田直接順路前往郵局，把我郵寄給了ＢＢ。他沒有附上任何信件，只是把我寄了過去。

最後，我就像現在這樣沐浴在光芒之中了。

我被刊載在文學雜誌上，並榮獲了芥川賞。

收到郵件的ＢＢ仔細地讀過我，終於承認了我的價值。她與公司經歷了一番抗爭，最後把我推薦到敵對的出版社。ＢＢ破天荒的英勇舉動拯救了我和里田，但她自己卻不得不離開公司，淪落為里田的妻子，人生境遇急轉直下。於是里田住處的窗簾被拉開，土撥鼠總算探頭到地面上了。

所以里田才會在刺眼的光芒下擠出笑容。

里田創下了推理作家獲得芥川獎的奇蹟，然而在現實中則是隔壁的白西裝美女更有話題。

我在里田的手中沐浴著大量鎂光燈，並同時這麼思考了。

里田就是京太嗎？還是三郎呢？

又或者我其實是憑空捏造的虛構故事？

「下一部作品有什麼構想了嗎？」記者問道。

「就是《水黽刑警 和歌山辦案篇》。」里田這麼回答。

現場引起了一陣騷動。難道你要回去當個沒沒無聞的推理作家嗎？

對在場的記者們而言，里田只是可有可無的存在，所以大家立刻轉去採訪隔壁的美女。

儘管沒有人注意到，里田依然在獨自竊笑。

在里田的腦海裡，一定浮現了寄物商的店內風景和青年A的眼淚，以及那個說著「超級有趣」的少年背影吧。

話說還有那個鰻魚便當女子，不曉得她現在怎麼樣了呢？

她的犯行

滴答滴答滴答……

我再度刻劃起了時間。

「嗯嗯。」

老爺爺滿意地點點頭，皺起臉龐微微一笑。就這樣盯著我看了好一陣子的老爺爺忽地轉過頭大聲喊道。

「老伴，去叫那個。」

「你說什麼？」

「那個啊，就是那個。」

「哎呀，在動了耶！」

「嗯嗯。」

「那我去叫貨運行的過來吧。」

「對，就是那個。就是貨運行。去叫貨運行的人來。」

「不過真是太好了啊。終於完成了！」

「好了啦，快去叫貨運行。」

「好好好。」

老爺爺的老妻喀啦啦地撥動著轉盤式電話，大聲向貨運業者說話。

「東、京！」

這個令人懷念的名字讓我的胸口熱了起來。

「對，想請你們幫忙送到東京去。就像平常一樣，要輕輕的哦。」

在老奶奶講電話的這段期間，老爺爺依舊待在窗邊的作業區凝視著我，仔細檢查擺錘的搖晃軌跡以及指針的動作。

其實現在差不多該動手打包了，但老爺爺似乎捨不得與棘手的我分開。這大概就像經歷了激烈的叛逆期，以前老愛鬧事的孩子終於醒悟並找到工作，父母為離家獨立的孩子送行時的心情吧。

我也覺得很寂寞。

老爺爺，你的掌心好柔軟，感覺溫暖又細膩。

老爺爺和老奶奶每天的相處，時而心有靈犀，時而像扣錯鈕釦的襯衫那般不對盤，讓我明白這才是人類的生活方式。

這是我家沒有的東西。我的主人沒有另一半，所以我以前不懂也是情有可原。要是他也能找個伴就好了。主人是個正直的男人，只可惜欠缺了幽默感。女人是一種比起老實，更愛找樂子的生物。看來以後是沒希望了。

老爺爺總算挺起腰桿，開始動手打包我。

謝謝你。謝謝你修好了我。謝謝你願意誠心相待。在打包完成前，我不停地這麼自言自語。

這裡是某座環海小島上的一家鐘錶行。

老爺爺擁有人稱日本第一的鐘錶修理技術，與戀愛結婚的妻子一起經營著這家店。老爺爺從事販賣與修理鐘錶的工作，平時也會定期去學校或鄉公所維修公共設施的時鐘。老奶奶則是包辦家事與文書工作。關於會計帳目，兩人會在月底一起撥打算盤核對數字，還算勉強應付得來。店裡沒有電腦也沒有傳真機，只有轉盤式電話以及祖先三代傳承下來的修理工具。

其實也不能說是「只有」而已啦。這裡還有老爺爺和老奶奶。這兩個人以人類來說都已經上了年紀，老爺爺要花一段時間才有辦法把話說得完整，老奶奶則有嚴重的重聽。不過如果沒有這兩個人，我就沒辦法重獲新生了。

即使無法動彈，我的意識仍然清楚。我會一直活到被摧毀焚燒、報廢丟棄為止，但如果一直維持動彈不得的狀態，實在沒有活著的感覺。

老奶奶以前好像是京都大戶人家的千金。父母為她挑選的未婚夫送了舶來品手錶作為禮物，她卻不小心弄掉在石階上摔壞了。她帶著手錶到這家店修理時，迷上老爺爺真誠的工作態度，便決定留在這裡不走了。有關老奶奶的個人故事畢竟只是出自老奶奶之口，實在無法保證她真的是京都的大小姐，然而老爺爺似乎信了這個故事，使得他在老奶奶面前總是抬不起頭來。

老爺爺即使上了年紀，依然是個英俊瀟灑的男人，可以想見他以前一定是相當帥氣的美男子。跑來島上玩耍的浪蕩女孩愛上了他，並在一番巧言之下默默奪得妻子的寶座。我總覺得上述過程才是真相，大概是在東京生活太久，我的內心早已失去了純真吧。

我離開寄物商到現在已經過兩個月了。

寄物商的房子也是祖先三代傳承下來的，是與這裡很相似的老屋。

我是寄物商老闆的父親出生時，被送來當作賀禮的擺錘式時鐘。

那時這家店並不是寄物商，而是桐島菓子鋪。

為了慶祝繼承人誕生，商店街的夥伴們合力出錢，把我送給了和菓子店的第一代老闆。當年的商店街上也有鐘錶行。那裡的老爹覺得非我莫屬，我是他精挑細選的逸品。我的身上刻著現在已經不存在的日本鐘錶廠商印記，是一個敦厚老實的機械式擺鐘。外觀主體採用胡桃木材，儘管現在已被歲月熏染出了黯沉，但在當時可是相當光滑亮麗。

我風風光光地被掛在和菓子店的柱子上，開始刻劃起時間。

這裡是一家人氣和菓子店，客人往來頻繁。店名雖然是桐島，藍染布上卻用白色平假名寫著「SATOU」。這是在砂糖稀少的年代用來攬客的手段，窮困時代的人們都像螞蟻一般聚集到店裡。

第一代老闆的生意頭腦就是如此厲害。

然而那個小寶寶卻成為了上班族，把和菓子店交給太太掌管。太太之後也因為各種因素離開，和菓子店便關門大吉了。現在小寶寶的小寶寶則是在經營一種叫寄物商的奇怪生意。

我與藍色門簾一起守護這個家走過三代的歲月。

門簾似乎很滿意寄物商這一行，但我到現在都還不是很習慣。我比較喜歡做出美味和菓子再販售給客人的簡單買賣。任誰都看得懂和菓子的美麗，只要好吃就會熱賣，賣掉之後數量就會變少，用雙眼即可見證這段過程。我負責有條不紊地敲打時間，肩上背負著極其單純的使命，所以我實在無法寬心接受這個讓人摸不著頭緒的「寄物行業」。

我是個精密機器。

因為我做工精細，偶爾也會出現差錯，一有問題就會被送回商店街的鐘錶行進行修理。由於那家鐘錶行也早在二十年前歇業了，之後我每次故障，便會被送往銀座某家老字號百貨的鐘錶維修中心。而今年，那裡無情地表示：「因為沒有替換的零件，恕本店無法處理。」對方將我退回來的同時，還順便附上了新的商品型錄。

百貨公司的鐘錶賣場上陳列著好幾個電池式的石英時鐘。其中還有和我長得差不多的款式，上面也設計了裝飾性的搖晃擺錘。根本不需要思考，光看就知道怪。透過電力晃動擺錘，這種擺錘根本一點意義也沒有。這只是一味地消耗電力，是毫無道理可言的商品。我對於想出這種花招的傻子——也就是對於人類已經完全失去耐性了。

幸好老闆一點也沒有要看型錄的意思，因為他的眼睛根本看不見。老闆沒有放棄我，他找到日本第一的鐘錶修理師，並將我送到了這家鐘錶行。

活了五十五年，這還是我第一次飄洋過海。

移動的過程讓我感到十分無助，我沮喪地想：「反正橫豎都是等死，不如待在家裡還比較好。」直到老爺爺用溫暖的手將我從箱子拿出來，對我說「長途旅行辛苦了」的時候，才終於放下心中大石，差點哭了出來，甚至還想著：「在這家店結束一生也無所謂了。」

這裡雖然是家小小的鐘錶行，卻聚集了許多來自日本各地和我一樣做工精細的鐘錶，店裡相當忙碌。我也在這樣的時代深刻體認到鐘錶不會因為壞了就被丟棄，人們依然有好好在珍惜，心裡覺得好高興。老爺爺過了一個半月才開始著手處理我，接著又花了半個月修復我。在這些精緻鐘錶當中，我似乎是個特別棘手的難題，老爺爺總會像是突然發作似地喊出「噫噫」的聲音。他並不是在修理的時候喊，因為在修理精密機械的過程中，單是鼻息都可能成為致命傷，所以老爺爺會保持安靜。在結束當天的作業、與我保持距離之後，老爺爺便會發出奇聲怪音。他幾乎每天晚上都會噫噫叫喊。

「這是開心的尖叫吧。」

老奶奶攪拌著燉菜的鍋子笑了笑。他們每次一笑，臉上的表情就會變得很奇妙，因為兩人的嘴裡都沒有牙齒了。看著夫妻倆的生活，讓我覺得他們應該一直過著忙到沒空看牙醫的人生。原來就算少了牙齒，人類還是有辦法過活啊。

「要輕輕的哦。」

把我親手遞給貨運司機的時候，老奶奶這麼說著。無論哪個鐘錶，都是像這樣回到主人的身邊。

我沒有聽見老爺爺的聲音。其實這也很平常，因為他已經在動手修理下個鐘錶了。我猜他應該正從作業場的窗戶望向載著我的卡車。他每次都是這樣，現在一定滿臉擔憂，一直目送我到看不見卡車為止。

老爺爺，再見了。

你和老奶奶要好好保重哦。

離開小島兩天後，我回到寄物商的店裡了。

我心想著總算能回來說一聲「我回來了」，興奮地等待包裝被拆開。

老闆應該會開心地前來迎接，貼心問候我「長途旅行辛苦了」，並立刻將我裝在柱子上——但我的預測完全落空了。老闆只是打開紙箱確認了內容物，就把我暫時擱置在一旁。

沒想到。

在寄物商的柱子上。

竟然掛著別的時鐘。

因為實在太出乎預料，我的思考變得斷斷續續。

那個地方長年以來都是我的位置，我不在的期間必須一直保持空位才行。待在島上那家鐘錶行的兩個月，我會不時想起寄物商的店內景象，想像空著一塊位置的柱子，心想著我必須趕快回去，要趕緊回到工作崗位上才行。

我一秒都沒想過柱子上會掛著第二代時鐘。

那傢伙的身上得意洋洋地刻著德國老字號廠牌的商標，身形呈現縱長狀。身高有我的兩倍，寬幅差不多是我的三分之二。

他的身體不是木頭，而是用金屬和玻璃打造，造型十分瀟灑有型，充滿未來感，機械式的銀色擺錘以正確節奏左右搖晃。沒有使用電力，是貨真價實的擺鐘。而且不是骨董，是以現代技術製作的時尚新款。

「無可挑剔」這一詞，簡直是為那傢伙量身打造的。

我啞口無言，只能被對方的氣勢壓倒，甚至沒有餘力去注意店內的模樣。

突然之間，那個德國小子敲響了時間。

鏘鏘鏘鏘鏘鏘……

是很棒的聲音。我感到痛心疾首的難受。他的聲音與我的砰砰聲響有著天壤之別，滿溢著光芒萬丈的幸福感，聽起來既明亮又輕盈，還飄散著宛如風鈴一般的涼爽感。

明亮。輕盈。涼爽。三大優點齊聚一堂。

我甘拜下風。

「那麼，就由我們來保管這項證物了。」

一陣粗曠的聲音讓我回過神來，我終於注意到寄物商的和室房裡出現了可疑人物。一個是穿著鼠灰色西裝的中年男子，一個是深藍色西裝的年輕女子，還有一個則是附近派出所的熟面孔警員。他偶爾會藉巡邏的名義來店裡露個臉，打混摸魚一下。他並非壞人，只是難以稱為是認真的男人。

老闆當然也在，他向詭異三人組說了聲謝謝。

我似乎是在有客人來訪的時候抵達家裡，所以才會維持著只有打開紙箱就被擱置在和室房角落的狀態。因為老闆無法閱讀單據，便直接觸摸了我，親手確認內容物確實是我。

警員竟然誇張到把文几當成腳踏凳，用戴著白色手套的手從柱子上拆下德國小子。我彷彿能聽見文几在哀號，心裡覺得好憤慨。神經大條的警員用大塑膠袋把德國小子包起來，搬到了外面。

「小心別傷到了哦。那可是高級品。」鼠灰西裝男對著警員說。

剛才明明把文几的心傷得那麼重，現在說這什麼話啊？

店門前停著巡邏車，只見警員把德國小子放進了車裡。

鼠灰西裝男在一旁謹慎地注視這段過程，確認東西平安收押後，便對老闆開口說道。

「由於今後還需要你的多方協助，麻煩這一個月暫時不要外宿旅行。」

你算哪根蔥啊。以為自己背負著國家大任嗎？這隻自大老鼠又另外提出各式各樣的要求之後，便和深藍西裝女及警員一起搭上巡邏車走了。

呼——

真是的，店裡總算恢復了寧靜。

如我想像的「空著一個位置的柱子」也總算現身了。

老闆像在安慰文几似地用濕布擦拭過後，再把文几搬到了牆角。接著從後面拿了腳踏凳過來，放到柱子底下。

老闆輕輕拿出經過謹慎包裝的我，小心翼翼地抱在手中踏上腳踏凳，把我裝回原來的位置上。老闆動作俐落得彷彿眼睛看得見一樣，他一定記得這家店的大小事吧。他操作著口袋型的隨身收音機，聽著廣播報時來調整時刻，緊接著轉上螺絲。轉啊，轉啊，轉轉轉。

滴答滴答滴答滴答滴答滴答滴答……

總算有回家的感覺了。

我創造了時間。

在年輕的時候，我一直是這麼相信著。甚至覺得自己支配著整個世界。可是自從我發現即使自己不動，時間依然會繼續流逝之後，時間與我的關係就開始變得不一樣了。到了現在，我覺得自己存在的理由，就是向人們告知名叫時間的無形之物。指針為人們指出時間，而眼睛看不見的老闆，就用聲音來傳達。

老闆大概已經明白我完全康復了吧，我聽見他吐出了安心的嘆息。這在我耳裡聽來就代表了老闆「以後也請多多指教」的心聲。

寄物商的老闆沒有另一半，當沒有客人的時候，店裡就一片靜悄悄。我會自然而然地傾聽他的心聲。我沒有聲音。門簾和玻璃櫃以及文几也一樣沒有聲音。所以老闆也會傾聽我們的心聲。

儘管沒有像老爺爺和老奶奶那樣的真實對話，在寄物商這裡卻交織著心聲。老闆與我們是互相對等的關係。

我抬頭挺胸地回答：「我才要請你多多指教呢。」

雖然我滿腦子都在疑惑著：「我不在的時候到底發生了什麼事！」但是睽違兩個月回到自己家，家裡還有我的位置，其他的事看來也只能先暫時放下了。

我的疑惑會在之後慢慢出現解答吧。現在手忙腳亂的也不是辦法。更何況大部分的疑問，即使不解開也不會造成任何影響。一旦活過半個世紀，就能習得不為所動的功夫了。

這天晚上，我獨自在昏暗的店裡一邊刻劃時間，一邊細細品味著靜謐與潔淨的氣息。我重新體會到只有這裡，只有這裡才是我的安身之處。

我覺得好平靜，內心十分平靜。

老闆自幼失明，在啟明學校的宿舍度過了大半的孩提時光，只有過年的時候才會回來。他是個十分乖巧的孩子，而且也沒有叛逆期，不會到處惹麻煩。我以前一點也不了解那樣的他。從父親與附近鄰居的對話聽來，我只知道他似乎是個成績優秀、前途光明的孩子。我甚至聽過父親在電話中向親戚提到自己希望孩子的人生不要留在這條小小的商店街，而是活躍於國家中樞機關。

他辜負了父親的期待，回到了這裡。我當時就覺得疑惑，想著他為什麼要回來？但我現在好像已經能明白了。

因為長久以來沒有待在家，他終於體悟到這裡才是他的安身之處。就像現在的我一樣。這並不代表待在他處就會過得不幸福。我猜老闆也是這麼想吧。其他地方也是令人舒適的場所，可是自己的安身之處就是這裡，只要待在這裡就努力得下去。他就是想在這裡全力以赴。

老闆剛開始經營這家店時，老是被其他人說三道四，那時只有十幾歲的他便這麼回答對方。我現在總算徹底明白那些話的道理了。

我再次決定，從今以後，我要繼續支持他從當時一路堅持到現在的寄物商生意了。就在這個時候，我的腦中猛然浮現起「今天有警察來過這裡」的事實。

我想起了三年前的事。

這個地方也曾經有談論過「警察」的對話出現。因為平常很難得遇到這種事，我記得十分清楚。

那天傍晚，點譯義工相澤女士來店裡露臉時，店內已經一片混亂了。

當時有個一歲左右剛學會走路的小女孩在鬼吼鬼叫撕紙亂撒，弄得店裡到處都是紙片。小女孩搖搖晃晃地走來走去，怕她受傷的老闆只能一直跟在她後面護著。多虧了那些奇聲怪音，即使眼睛看不見也能輕易掌握她的行蹤。

小女孩撕的就是點字書。

相澤女士一進店裡看見這場景，便大聲驚呼：「天啊，這是怎麼回事！」老闆一邊追著小女孩一邊道歉。

「對不起，我阻止不了她。」

相澤女士抓住了小女孩，抱起來斥責：「不可以哦！」小女孩立刻就安靜下來。之前發生的騷動簡直就像假的一樣。讓小孩子安靜這一招，是不是阿姨的專屬能力啊？

老闆就是做不到這種小事，他的聰慧和知性在一歲小孩面前毫無用武之地，看起來總覺得怪可笑的。

這孩子是媽媽帶過來的。

母女倆在三點左右的時候晃進來。「麻煩暫時幫我顧一下她，我要去買個東西。」媽媽說完便放下一百圓離去，之後就一直沒有回來。

聽完來龍去脈的相澤女士臉色大變。

「暫時顧一下？現在已經六點了耶。需要花上三小時買東西嗎？把這孩子送去警察局吧。」

相澤女士抱著小女孩義正詞嚴地這麼表示。老闆卻說：「我想再稍微等一下。」兩人難得起了爭辯。

老闆希望至少等到八點，相澤女士則堅持必須現在就送去警察局。

小女孩在相澤女士的臂彎裡吸著自己的大拇指。

「萬一有人沒來由地懷疑你綁架或監禁人家的話怎麼辦？這孩子又是女生。桐島，你是一個獨居男子。我雖然認識你，警察卻是專門起疑心的職業。到時候不曉得你會被說得多難聽。」

相澤女士把平常的客氣態度拋在腦後，語氣咄咄逼人。

相澤女士的哥哥就是在監獄裡去世的。對於國家權力，她的疑心比一般人還要強烈。那時的我也贊同相澤女士的意見。我覺得早早送去警察局對小女孩也比較好。

老闆和相澤女士對於自己的主張都互不退讓。

相澤開口說：「既然如此，那我也要在這裡待到八點。」

小女孩在好不容易有了結論的時候睡著了，他們便在和室房鋪上棉被，由相澤女士陪在小女孩身邊。不久之後連相澤女士也進入了夢鄉，即使我敲著砰砰鐘聲也吵不醒熟睡的兩人。於是老闆便出聲叫她們起來：「已經八點了。」

「我送她去警察局。」

就在老闆下定決心的時候，媽媽現身了。

媽媽看起來一臉倦容。她並沒有向老闆和相澤女士道歉或解釋。不過，她倒是對小女孩道歉了。

「優子，抱歉哦，媽媽太晚回來了。我找到我們住的房子了。」

媽媽緊緊抱住了優子。相澤女士似乎鬆了一口氣，把腦中堆積的怨言都吞了下去。

還昏昏欲睡的優子就這樣被媽媽抱著離開店裡。外頭的天色已是一片漆黑。

此時的老闆看起來憂心忡忡。

「這樣真的好嗎？或許剛剛真的應該要立刻帶她去警察局才對。」

相澤女士卻是一副雲淡風輕。

「我不曉得什麼才是正確答案。總之我們已經盡力了。」

老闆仍舊無法抹去心中的不安，說著：「但是——」

相澤女士像在提醒自己似地說：

「如果你老是擔心自己到底有沒有幫到對方，以後反而會變得不敢主動伸出援手。我們就別再鑽牛角尖了。」

對於相澤女士的結論，老闆最後應了聲「好」。

那個時候沒有去找警察，而這次終於有警察進到店裡了。

到底發生了什麼事？

隔天什麼事也沒有發生。

寄物商依舊是我所知道的寄物商，上午有位客人來寄物，下午則有兩個人，是相當普通的日常光景。

我敲打著正確的時刻，發出砰砰砰的聲音。在聽過那個德國小子的鏘鏘鐘聲之後，我的聲音感覺特別沉重，聽起來土氣又落伍，連老爺爺幫我磨亮的木質外型也是一樣，在看過那個新亮的金屬造型後便顯得黯淡無光。

我陷入沮喪情緒的隔天，店裡就發生了巨大的動靜。

鼠灰色西裝男和深藍西裝女在卸下門簾的午休時刻一起來訪，他們走進店內對老闆說：「我們有事找你。」

這兩位是警方的人，好像隸屬於名叫二課的部門，職位是刑警的樣子。也就是地方公務員。儘管身上沒有國家大任，他們還是背負著東京的名號，所以態度仍然囂張跋扈。

他們說有人向警方通報那個德國小子遭竊。沒想到他竟然是價值高達一百六十五萬的高級品，真是嚇死我了。我的確覺得他很高檔，但我原本以為頂多也就值個三十萬。

被懷疑是竊盜犯的人正在警察署接受問訊。

鼠灰色西裝刑警接二連三向老闆提出問題，老闆細心地一一回答。

「你說那個時鐘是客人寄放的，那你為什麼要掛在柱子上？」

「因為已經過了寄物的期限了，那便成為本店的東西。我知道那是高級品，所以也不方便丟掉，直接拿去轉賣又覺得不太好，才會決定暫時保留一陣子。」

「你說覺得轉賣不太好，是以什麼作為根據？保留的標準是什麼？」

「我只能說，這是我的直覺。」

刑警嘴上說著「是直覺啊」，臉上浮現更加質疑的神情張望店內。玻璃櫃中的音樂盒是相當稀有的骨董，比德國小子還要值錢數十倍，然而刑警似乎不懂其中的價值，完全沒有把視線停留在上面。

「你都會把保留下來的物品擺在店面嗎？」

「不會，我平常會收在後面的房間，大約一個月左右。即便是準備丟掉的東西，我也會保留這麼一段時間。因為有時候會有後悔的客人跑回來拿。而那個時鐘，客人則是很好奇之後的情況。」

「你說寄放的人嗎？對方之後有回來拿嗎？」

「對方不是要來拿回去，而是想要確認過了期限之後，時鐘有沒有擺在店裡使用。」

「這是什麼意思？」

就在刑警敏銳地切入問題時，我開始砰砰砰地敲響時間，正確無誤地敲打了十二下。我無意干擾調查，只是認真在完成自己份內的工作。在這件嚴肅案件的話題下，我的砰砰聲響充滿著迎合氣氛的沉重感。

等我敲完之後，老闆再度開口了。

「本店的擺鐘出了問題，我前陣子送去外面修理，於是對方便告訴我店裡現在需要替代品，建議我可以用用看前幾天寄放的時鐘。」

「你說寄放的人嗎？」

「是的。」

「所以對方的目的不是寄物，而是為了把那個時鐘當成禮物送你，才會拿來店裡嗎？」

「我覺得那不能算是禮物。只是那名女子從來沒有回來取物過，以結論來說才會變成本店的東西。」

刑警目光閃爍。

「她和你是什麼關係？」

「關係？」

「她對你來說是什麼人？」

「她是客人。」

「你們會在外面見面嗎？」

「不會。」

「你們有交換聯絡方式嗎？」

「我只知道客人的姓名。」

「你說得出她的名字嗎？」

喂喂喂，鼠灰色西裝男。這簡直就像在問訊嘛！

「在本店寄放那個時鐘的人，就是櫻原聰美小姐。」

「你知道她的本名嗎？」

老闆驚訝地倒吸了一口氣，然後輕聲答道：「我不知道。」

所以那是假名？

對方帶著偷來的時鐘造訪寄物商的這件事，是發生在我不在店裡的期間，所以我在這個當下才知道是誰寄放了時鐘。

原來如此，是櫻原聰美啊。還用了假名寄放贓物。

她看起來的確做得出這種事。我心想。

櫻原聰美是個外表不起眼的女子，每個月會來店裡一、兩次，寄放一點東西之後再離開。她從來沒有把東西拿回去過。像是唱片、手錶、女用服飾和鞋子等等，甚至更奇怪的還有便當。有時候她一下子就會離開，偶爾也會聊上好一段時間才走。是個奇妙的客人。

我以前就認為她是個麻煩人物。總覺得她好像某種類型的跟蹤狂。跟蹤狂會追著目標到處跑，但以她的案例來說，因為她的目標是寄物商的老闆，只要來到這裡就見得到面，所以她採取的方式不是追在後面，而是常常來店裡光顧。大致上來說，她就是一名常客。她的行徑確實是一種騷擾，可是店家沒有立場要求常客離開。

在和菓子店的時代，常客是個不可或缺的存在。以寄物商這一行的性質來說，很難培養常客，畢竟也只有人生有所起伏的人，才會願意花錢寄物吧。

人生在世，經歷一、兩次的起伏不足為奇。不過，每個月都有起伏就太詭異了。

過去店裡曾發生過跳蚤事件，寄物商頓時變得門可羅雀。當時店門外被貼了「內有跳蚤」的佈告，我就懷疑那會不會是她貼的。

因為在幾乎沒有客人的那段期間，只有她來過，還在剛發生跳蚤騷動的時候待了長達四小時之久。店裡沒有客人正合她意，她就是想要一個人獨占老闆吧。

但是誰想得到她會帶贓物來啊。櫻原聰美，妳是怎麼啦！哦，這是假名才對。

因為不曉得她的名字，就算想要教訓她也沒辦法。

她是不是把我出問題這件事視為大好機會，特地帶了自己挑選的時鐘過來，想讓店裡染上自己的顏色呢？

在警方的要求下，寄物商的生意必須暫時歇業一陣子。

警方收押了她寄放在店裡、目前暫時被保留下來的物品；其他客人寄放的東西沒有遭到收押，警方卻仍在後面的房間一個個檢查是否有贓物混入其中。

警方似乎懷疑寄物商成了竊盜集團掩藏贓物的地點，決定徹頭徹尾地進行調查。寄物商這一行被警方視為可疑組織，如果沒有足以推翻這個假設的「清白證據」，調查可能會沒完沒了。

要證明清白是一件難事。

寄物商是個令人難以理解的行業。畢竟連我都搞不懂，警方當然更不明白了。

警察的工作就是懷疑，這是無可奈何的事，可是身為被懷疑的那一方實在很吃不消，目前老闆已經被要求前往警察署三趟了。老闆只是協助警方調查，有拒絕的權利，但他還是答應配合了。因為這是講求信用的生意，老闆才想要徹底證明自己的清白吧。

聽說經常出入店裡的相澤女士也同樣受到警方訊問。

「因為我哥有前科，警方對待我的方式特別粗魯。」

相澤女士忿忿不平地說。

「問了那麼多沒禮貌的問題，最後卻連一句道歉也沒有，突然有一天就告訴我偵查結束了，辛苦妳了什麼的！到底是因為什麼事情要調查我們，最後又查到了什麼真相，以及事件的全貌等等，這些該解釋的部分連說都不肯說。還有關於嫌犯也是，說什麼這是個人隱私，全部一概不透漏。虧我們還乖乖提供了那麼自己的隱私。」

相澤女士氣得很有道理。

聽說時鐘的原物主撤銷失竊通報了。德國小子回到主人身邊，嫌犯也洗刷嫌疑，警方便中止了搜查行動。

寄物商恢復成原本的寄物商，客人也絡繹不絕。

藍尾鴝站在店門口的四照花上，啾啾啾啾地優美啼叫。

商店街的其他商家應該都知道曾有警察出入店裡，但這對大家來說並不是多麼嚴重的問題。現在仔細想想，商店街原本就很容易和警方打交道。因為不時會有順手牽羊、吃霸王餐或違規停車等等事件發生，儘管都是一些不希望遇到的事，但仍是會發生。或許透過這次的事件，更能讓周圍的人注意到寄物商至今都沒發生過大麻煩，加深大家對寄物商的信任也說不定。

其實跳蚤騷動帶來的打擊更加深刻。那時候我真的以為這家店要撐不下去了，甚至覺得老闆最好早點換做其他生意比較好。我到現在還是很留戀「販賣商品」的生意模式。

後來有一天，店裡來了個穿著水手服的女孩。這個女孩不是第一次來，她第一次來的時候，老闆以證人的身分被傳喚到警察署不在店裡，相澤女士告訴她「老闆後天應該就會來了」，可是她後天並沒有過來，而是在兩星期之後才現身。

「寄物商先生，你好！」女孩這麼說著，登上了和室房。她的鞋子擺得整整齊齊。沒想到相澤女士竟然一次就能把她教懂事，真是不得了。

「您是第一次光臨本店吧。」老闆說。

「這是我第二次來了。」

女孩說得斬釘截鐵。

「請問第一次是什麼時候？」

「那個時候這裡沒有開門。當時有個阿姨跟我說，我可以進來裡面沒關係，我就借用了一下書桌。阿姨有告訴我下次開店的日子，但那天剛好是我的回診日。」

回診日？

「很抱歉給您添麻煩了。」老闆道歉道。

「建議你最好訂個公休日。」女孩說。

「你只要寫一張紙，貼在店門口就行了。畢竟我也很忙，又趕著要寄物。像我今天也很擔心這裡有沒有開門。」

女孩一邊抱怨，一邊從書包裡拿出一封信。是一只淡粉紅色的可愛信封。她把那封信交給老闆，說：「請幫我保管半年。」

老闆收下信封，用掌心摸了摸之後道：「上面貼了郵票吧？」

「對。」

「您要寄放半年？」

「是的。如果我在半年之後沒有回來拿，希望你可以幫我把這封信投進郵筒裡。」

老闆反問：「投進郵筒？」

「請你幫忙投進郵筒的工作需要另外計費嗎？」

「不，本店只收取寄物費而已。」

「你能幫我投進郵筒嗎？」

「好的，我明白了。」

「太好了。」

女孩露出燦爛的笑容。

「為了方便計算，我就寄放一百八十天。這樣是一萬八千圓吧？」

女孩這麼說著，拿出了錢付款。沒想到她小小年紀竟然帶著一大筆錢。女孩付了恰好的金額，老闆用掌心確認完畢。

「這樣我就有勇氣了。」女孩說。

勇氣？

「我要報上名字對吧？我有朋友來這裡寄物過，她告訴我一天是一百圓，說出自己的名字就能寄放物品。」

「請問貴姓大名？」

「我的名字叫一之瀨羽澄。」

「一之瀨羽澄小姐。一百八十天。要投進郵筒。我明白了。」

藍尾鴝在啼叫了。

吱喳吱喳，啾啾啾啾……

吱喳吱喳，啾啾啾啾啾……

一之瀨羽澄微微一笑。

「我啊，和那隻藍尾鴝認識哦。」

「原來那是藍尾鴝的叫聲啊。」

「是一隻顏色鮮豔的青鳥。」

「這樣啊，原來那是隻青鳥。」

「牠的顏色很漂亮。真可惜你看不見。」

「是啊，真是遺憾。」

「可是你已經成為大人了，我很羨慕你。」

老闆沒有馬上開口附和，而是默默聽著一之瀨羽澄的話。

「以前啊，大家都說我活不過五歲，但我現在已經十五歲了。我以為自己會繼續像這樣正常地長大成人。可以參加大考、有喜歡的男生、身材變胖了、長了青春痘等等。我現在的煩惱，已經變得跟班上同學一模一樣了。在我小的時候，每當脫落的頭髮重新長回來，或是變得又可以走路、吃得下硬的東西之類的，光是這種小事都可以讓媽媽他們歡天喜地，我自己也覺得好高興。」

她語氣明亮開朗，彷彿要準備聊起遠足的話題一樣。

「由於前陣子病情復發，我很快就要開始接受治療了。」

她一說出治療兩個字，便愁眉苦臉了起來。這應該有讓她留下難過的回憶吧。

老闆靜靜地詢問。

「這封信是什麼？」

「是寫給心上人的情書。」

她的語氣十分雀躍。

「如果在活著的時候被甩一定很可怕吧。我絕對不敢向他告白。可是死了之後就沒什麼好怕的了。」

「妳說死……這個……是寄放到半年之後吧？」

老闆的疑惑很正常。她明明這麼活蹦亂跳，怎麼可能會在半年之後有什麼三長兩短。

「我看起來很健康吧？不過，我猜那個時候差不多就是關鍵時刻了。」

她的口氣聽起來就像醫療專家一樣。我覺得這句話蘊藏著從小與疾病長期共處、有別於自暴自棄的豁然心情。

想像著她至今的經歷，我覺得好難過。

「我非常喜歡他。我只是想把這份心意告訴他，又可以證明我有活到會談戀愛的年紀了。已經死掉的女生竟然寄信給自己，可能會像恐怖電影那樣驚悚。但我又不是希望他跟我交往，收到信的人應該不會覺得太有壓力……不對，我猜可能還是會很錯愕吧。可是我現在只顧得上自己了。比起他的心情，我更在意自己的感情。這樣會不會很任性啊？」

「大家都是這樣哦。」

「寄物商先生也很重視自己嗎？」

「是啊，我最重視的就是自己。」

一之瀨羽澄露出意外的神情。接著她面帶微笑地看向外面。

「之前阿姨有說，那隻藍尾鴝的壽命差不多快到了，可是牠看起來那麼漂亮活潑，我覺得不可能會發生那種事。」

老闆靜靜聽著女孩的話。

「不管圖鑑怎麼寫，那隻青鳥還是會繼續活下去。我相信牠會一直活著，明年和後年都會站在那裡啼叫。可是一旦換成自己的事，我就沒辦法那樣想了。因為我罹患的是一萬人中只有一人會得到的疾病，總覺得自己是屬於籤運很差的體質。所以我每次都會忍不住去想像不好的結果，提前做好準備。」

老闆聽完她的話之後微微一笑。

「那我來相信吧。我相信一之瀨小姐會回來這裡拿信。」

一之瀨羽澄板起面孔盯著老闆。

「我代替妳相信自己。一之瀨小姐一定會來的。而我相信，我的未來不會有把這封信投進郵筒的事情發生。」

老闆說得相當肯定，語氣溫和卻不失堅決，還隱約透漏著彷彿世間秩序都由自己訂定的傲慢。

一之瀨羽澄放鬆了表情。我差點以為她要哭出來了。時間靜靜流逝。在這個當下，我讓時間放慢速度前進。我也在努力嘗試著自己根本做不到的事。

女孩忍住了淚水。說不定她早已習慣這樣的舉動。

「我下星期開始就要住院接受治療。幸好……今天這裡有開店。」

女孩說著，一邊穿上運動鞋。她的臉已經恢復成普通國中女生會有的活潑表情，笑瞇瞇地說：「下次見囉。」

「期待您下次的光臨。」老闆溫柔地回應她。

這個活潑女孩離開之後，老闆把掌心疊在信上好一陣子，像在默默祈禱似地低下頭，最後走進後面把信收了起來。

事情就發生在這天的日暮時分。

我忽地聞到一股檀香的香氣，店裡的氣氛頓時一變。

「不好意思。」

有位和服女子現身了。她的模樣簡直像從竹久夢二[8]的美女圖中走出來的一樣。

---

8 竹久夢二（1884-1934），日本近代知名畫家之一。

在過去，曾有人來這裡寄放過竹久夢二的畫冊，之後因為超過寄物的期限，成為了老闆的所有物。但是給盲人看畫冊根本就是對牛彈琴，於是老闆決定拿去轉賣了。前來表示有意收購的二手書商出了相當好的價錢。

「你竟然看不見這麼美麗的畫作，實在是教人同情啊。」二手書商的這番話，在部分聽者耳裡可說是相當失禮，不過老闆倒是很喜歡這種直來直往的人，以精明的口吻回答：「就是因為看不見，才有辦法毫不留情地賣掉換錢。」

總之現在這家店裡，存在著只要看過一眼就會難以忘懷的美女。在寂寞蕭條的寄物商這裡，她就是一朵怒放盛開的花，讓店裡彷彿也變得高檔許多。

店門口停著一輛漆黑的車。這個區域禁止商家以外的車輛進入。巡邏車或救護車則是例外。停在那裡的顯然是一輛高級轎車。這種車竟然會開進商店街，根本是大事一件了。但就算是交通課的警察，在這輛高級轎車面前一定也會說著「您別客氣，歡迎歡迎」之類的話，特地為對方開一次特例。

今天到底是怎麼一回事啊。

從屋裡走出來的老闆看起來有些錯愕。他似乎從女子身上的香氣察覺到了異狀。

「這裡是寄物商吧。」

和服女子說話了。真是豔麗的聲音。我猜她一定是那一行的頂尖人物。所謂的那一行，指的就是像舞妓、高級女公關、第一夫人之類的，類似這種傳統的女人之道。

老闆不知所措地答了一聲「是的」。

「方便占用一點時間嗎？」

「好的，請上來吧。」

和服女子優雅地登上和室房後，她輕輕一個轉身，用白皙滑嫩的手將絲綢鞋帶的真皮草屐整齊排好，並朝外面瞄了一眼。她的動作宛如女忍者一般流暢，沒有任何多餘之舉。在女子的眼神示意下，高級轎車的司機抱著一個用布巾包裹的縱長巨物走進店裡，把東西擱在和室房的正中央。

女子抬頭挺胸地坐下來，靜靜地解開包巾。我感受到了彷彿桃子裡冒出桃太郎、竹子中出現竹取公主的那瞬光輝。

擺鐘現身了。是那個德國小子！

他閃耀著奪目光芒。

上等的女人配上上等的時鐘。啊啊，竹久夢二啊，如果你現在人在現場，一定會忍不住提筆畫下這名女子和時鐘吧。那絕對會是與《黑船屋》[9]齊名的傑作。我真想倒轉時間去呼喚你。

夢二，你快穿越時空過來吧！

砰砰砰砰砰砰，我敲響著聲音。在德國小子面前發出這種俗不可耐的聲音實在丟人，但我也是無可奈何。如果不準時出聲，我就沒有存在的意義了。

「可以請你收下這個嗎？」

老闆聽見女子的話便動手摸了摸德國小子，輕聲地說：「這是……」

接著他沉默了。

女子將客用坐墊擺在老闆面前，說了聲「請坐」。接待客人的專業人士果然厲害。現在作為客人的人當然是女子，可是在待客的行家面前，只有老實能拿得上檯面的老闆便降格為毛頭小鬼，像被施了魔法似地乖乖坐了下來。不過老闆仍舊沒有忘記提出疑問。

「請問您是哪一位呢？」

聽到老闆的問題，女子便開口回答。

「我叫櫻原聰美。」

老闆頓時繃緊了臉。

我被嚇得差點發出砰的一聲，趕緊剎住了腳步。嚇死人嚇死人。女

9 被譽為是竹久夢二最高傑作的美女畫。

子與那位來這裡露臉過好幾次的櫻原聰美差了十萬八千里。聲音也不一樣。存在感更是獨樹一格。

到底是怎麼回事？

女子不顧老時鐘的動搖情緒，開口說話了。

「你可以在店裡使用這個時鐘嗎？」

「我不能收下。」

老闆立刻答道。

那是當然的嘛。因為這個是贓物，才讓店裡上上下下被警方調查了一番。老闆不可能會把這種時鐘再擺在店裡的。

「這個並不是贓物。」眼前的櫻原小姐說。

「真要說來根本也沒有竊盜案。這是我的東西，是我送給她的。」

「您說的她是？」

「就是把這個時鐘拿來這裡寄放的女生。」

我滴答滴答的聲音在店裡流過。店裡安靜到讓人不得不在意起我的滴答聲響。

她輕嘆了一口氣，說：「我和沙世是兒時玩伴。」

「我們從小學開始就一直玩在一起。她的腦袋很聰明，知識又淵博，以前都會教我讀書；而我比較擅長翻單槓和跳箱，所以我會教她練習。我們很投緣，感情非常要好，彼此就像姊妹一樣。」

不對不對不對，那是不可能的。那個櫻原聰美和這個櫻原聰美是天差地遠，就算妳說是兒時玩伴或姊妹什麼的——別開玩笑了，我甚至連妳們站在一起的模樣都想像不出來。

「我國中畢業之後就到置屋[10]開始接受培訓。雖然這是家境因素所致，但其實我也一直很嚮往美麗的和服和傳統的日式髮型。」

她果然是花柳界的女子。來想像一下她頂著傳統日式髮型的模樣吧。她的美肯定是國寶級的。訪日的他國總統說不定會把她當作伴手禮

10 專門培養藝妓的培訓所。

一起帶走。

「即使選擇了不同出路，我依然有和沙世保持聯絡。沙世從高中讀到大學，之後進入了大公司上班。」

眼前的美女每說一次「沙世」，就會發出難以言喻的圓滑聲音，其中隱隱透漏著毫不隱諱的溫暖真心。

「我在十八歲的時候成為見習生，除了培訓之外，也開始投入工作。二十歲之後便正式成為藝妓，繞遍茶屋[11]和料亭[12]到處致意，當時忙得暈頭轉向，完全沒辦法與沙世見面。工作了幾年，支持我的常客多了起來，生活變得寬裕許多。我睽違許久地聯繫上沙世，知道她現在已經不是公司的正式員工，而轉為做派遣工作，日子似乎過得很辛苦。我邀她來家裡作客後，她稱讚我有好多漂亮的東西，看起來真棒。這番話聽起來就像在肯定我至今的努力，我高興得無法言喻。像是手錶和唱片，還有衣服、包包和鞋子等等，我把她稱讚的東西全部都送給了她。因為我希望她開心。沙世向我說了謝謝，可是她既沒有戴上手錶，也沒有穿上那些衣服。」

「這個時鐘也是嗎？」

「這是常客送我的時鐘，沙世來我家的時候曾經稱讚過，所以我就送給了她。雖然沙世拒絕了，但我以為她只是在客氣，於是強勢地說服她，讓她把這個帶了回去。過了幾天，發現我家少了時鐘的常客跑來追問我，我一時之間想不出好藉口，便告訴對方那不曉得什麼時候不見了。結果那位常客就當成了竊盜案通報給警方。我是在收到警方的聯絡後才曉得這件事。我完全不知道那是如此昂貴的東西。公寓的監視器似乎有拍到沙世帶著時鐘離開的畫面，警方查看影片後，就把她當成了竊盜犯。」

「沙世小姐現在怎麼樣了？」

---

11 日本傳統的遊藝場所，可以一邊用餐一邊觀賞藝妓表演。

12 高級的日式料理餐廳。

「我有馬上向警方說明原委，洗刷了她的嫌疑。警方已經嚴正地斥責過我了。」

不曉得警方在訓斥這位美女的時候，又是什麼樣的態度呢？想必和對待相澤女士及老闆不一樣，而是擺出一本正經的模樣，「謙虛有禮」地告知：「以後請您多注意一下。」

櫻原小姐的臉上掛著悲傷的笑容，緩緩地開口。

「我為了道歉拜訪了她的公寓，她把家裡整理得十分乾淨清爽。屋子裡看不到我送的任何東西。她說她覺得那些不適合自己，便寄放在寄物商的店裡。」

櫻原小姐的眼角泛起淚光，她從和服袖子取出白色手帕壓了壓淚水。這個動作真是撩人。無論男女，凡是和她交流過的人一定都會被她深深吸引吧。她不只是外貌姣好，舉止更是迷人。勸女性最好不要靠近她的身邊。不管什麼樣的女性都會被她比下去。

然而在老闆面前，櫻原小姐的魅力依然無用武之地。老闆無法透過眼睛看到這招密技，完全沒有發現她的妖豔氣質。

我忽地這麼想了。這股異於常人的妖豔是她的真性情嗎？十五歲開始在花柳界磨練出完美的言行舉止，這些只是身懷的技能，她真正的性情可能截然不同。

「我沒想到她竟然那麼討厭我。」

「沙世小姐討厭您？為什麼您會這麼想呢？」

「就是因為討厭我，才會把我送的東西脫手吧。」

櫻原聰美悲傷地垂下眼。

一想到老闆看不見她的長長睫毛，我的心裡覺得既遺憾又慶幸。總之老闆現在看起來相當心平氣和。接著他這麼說道。

「沙世小姐在這裡都是以您的名字來自稱。請問您知道此事嗎？」

「我的名字？」

她似乎很驚訝，瞪著大眼看向老闆。

「因為沙世小姐很喜歡您，才會學您做出那樣的舉動吧？」

「學我那樣？」

「就是送東西給其他人。我之前曾經收過沙世小姐送的鰻魚便當。」

「你是說……鰻魚嗎？」

「是的。那應該不是您送給沙世小姐的東西吧？」

「不是，我沒有送過這個。」

「您的心意讓沙世小姐感到很開心。然而，她自己卻是無以回報。所以沙世小姐才無法將那些東西留在身邊。我猜她的目的，應該是想與您保持對等的關係。」

「對等？」

「您不覺得一收下東西，彼此之間的關係就會出現改變嗎？常客與您的關係。您與沙世小姐的關係。請問兩者一樣嗎？」

櫻原小姐認真地思考了老闆的問題。

「一旦單方面地施予物質，這段稱為朋友的關係就會開始失衡吧？學生時代的時候是沙世小姐教您讀書，您教她跳箱。沙世小姐希望能像學生時代那樣，以同樣的心情與您來往，她才會把收到的東西都拿來這裡寄放吧。」

「想與我來往？所以……才會……」

櫻原小姐低下頭，若有所思了一會兒，終於心服口服地點點頭，把臉抬了起來。

「我大概是收常客的禮物收慣了，才會不小心對沙世做出這麼沒經過大腦的舉動吧。」

接著她一臉不安地詢問老闆。

「我還能像以前那樣與沙世來往嗎？」

老闆微微一笑。

「您不妨當作什麼事都沒有，一如以往地與她見面談天如何？」

我再度砰砰砰地發出聲響。等待這段砰砰聲結束後，櫻原小姐點了點頭，她看起來決定試一試。

「非常感謝你的指教。」

櫻原小姐端正了姿勢，用三根手指撐著地板低頭一鞠躬。接著她看向老闆，想提出最後一個請求。

「我還是希望你能收下這個時鐘，我猜沙世一定也是這麼希望。」

這時候老闆客氣地回覆。

「掛在這裡的木質擺鐘從以前開始就時不時會出問題，但是它能奏出砰砰的沉靜音色。我從小就是聽這個長大的。現在也是這個聲音在告訴我時間。對我來說是不可或缺的聲音。」

櫻原小姐似乎理解了老闆的意思，面帶微笑地說：「我明白了。」

比起喜悅，我感到更多的悲傷。被人人拒絕的德國小子看起來真可憐。竟然沒人想要如此優秀的時鐘，這絕對哪裡有問題。

櫻原小姐穿上草屐，整理好衣領後說：「我接下來要去出席酒宴。」

「我的藝妓花名，就是沙世。我瞞著她偷偷借用了這個名字。」

她說到一半突然安靜片刻，好像正在斟酌著用詞，最後總算找到滿意的說法，睜著玲瓏大眼望向老闆。

「我以前一直很想變成她。我打算把這件事告訴沙世。」

接著這位上等的女子就離開了店裡。

在三天後聽聞此事的相澤女士一臉不甘心地說：「真是的，你竟然把那個時鐘退回去了！」

「我自己是滿喜歡的。這個木質時鐘當然也是別有一番風味啦。只是不曉得還可以再撐幾年。比起等到壞了、動不了的時候再去找新的，不如趁現在換成那個看起來很有型、新潮又帥氣的時鐘也是一種選擇吧。」

老闆興味盎然地說：「明明當時警察都找上門了。我還以為妳已經學乖了呢？」

「那是兩回事啦。」

相澤搖了搖頭，接著清楚地說道。

「不管別人怎麼說，我就是喜歡那個時鐘。」

簡直就像愛的告白一樣。

於是老闆笑道。

「那相澤女士要不要拿去放在家裡呢？」

「啥？」

相澤女士聽得一頭霧水，臉上浮現納悶的表情。

老闆向她說明了事情經過。

「櫻原小姐說她從新的常客手上收到瑞士製造的巨大座鐘，家裡已經沒有空間了，她就把那個時鐘放在這裡。最後以支付一百圓寄放一天作為條件，交給我負責處置。」

「那現在……早就已經超過三天了？」

「是的。」老闆微微一笑。

「我就放在後面的房間。相澤女士要不要帶回去呢？」

「你說什麼傻話啊。要是把那個賣掉，你可以拿到一大筆錢吧？」

剛才相澤女士明明那麼斬釘截鐵地說喜歡，現在卻被時鐘的價值嚇到退避三舍。

老闆搖了搖頭。

「如果只是數萬圓的物品倒還賣得出去，可是一旦值錢到這個地步，其實也很難立刻拿去變賣。畢竟到時候有可能又會被警方盯上。」

相澤女士滿臉通紅。

「你要……把那個送我嗎？」

看來她總算提起興趣，就像被求婚的少女一樣把手放在胸前，臉上充滿了雀躍。

老闆面帶微笑地說了聲「是啊」，接著靈光一閃，對她說道。

「可不可以當作寄放在妳那裡，而不是直接送妳呢？」

相澤女士再度露出納悶的表情。

老闆端正了坐姿後說道。

「因為我想和相澤女士繼續保持現在的關係。」

相澤女士也端正了自己的坐姿。

老闆開口說道。

「以前我曾表示想送點什麼當作點字書的謝禮，但妳卻說這是義工活動，沒辦法接受實質的物品。」

「是啊，我是以裁縫的工作在維持生計。點字只是放假的時候，我當成興趣在做的活動。光是有人願意收下成品就謝天謝地了，而且你每次都會幫我泡好喝的茶。這樣就讓我覺得很滿意了。」

「為了不要影響這段關係，我不是把時鐘送妳，而是當成請妳幫忙保管，由妳代替我使用可以嗎？」

相澤女士笑道：「哎呀呀，聽起來真是複雜啊。」

「我其實怎樣都可以的。因為不管如何，我和桐島的關係都不會有任何改變。再說，能讓那麼棒的時鐘在我的小套房裡敲打時間，簡直就像奇蹟一樣嘛。我好開心。真的是開心極了啊。」

老闆將包著布巾的德國小子從後面拿出來，交給了相澤女士。相澤女士就像對待親生骨肉那般疼愛地抱起來，笑臉盈盈地留下一句「寄物費會給你打折的」，興高采烈地離去了。

那個閃閃發光的傢伙，竟然要在相澤女士的公寓套房鏘鏘鏘地敲打時間啊。

我為德國小子感到高興。

能找到一個真心需要自己的場所，他一定會幹勁十足吧。

我長年以來一直很介意寄物商的店裡沒有商品。可是到了最近，我發現這裡其實還是有的，我覺得那應該就是「時間」了吧。

這裡對物品來說是個暫時居所。

對人們來說則是提供了正視物品的時間。

人們不用急著選擇，可以在曖昧的情況下先將東西擱置在這裡。有時候甚至也能轉身逃避。

寄物商在這個世界上是個渺小的存在。但或許就是有了這段空白時間，才會讓大家獲得救贖吧。不管是對於客人，抑或是對物品而言。

說不定獲得最多救贖的就是老闆本人。

以前曾經有一家人氣資訊雜誌社，要在「稀奇古怪的店家特輯」中介紹寄物商，文字記者和攝影師都跑到這裡來採訪。

明明只要登上雜誌，這家店就會大受矚目，招攬到更多生意，老闆卻鄭重婉拒了採訪。

文字記者提出的標題是「現代人的避風港。無私奉獻的老闆為你伸出援手」，而老闆就是以無法配合這個主題受訪為由拒絕了。

老闆不是難搞也不是謙虛，只是老實地說出自己的心情。

「我滿腦子只想著要如何把工作做得盡善盡美。寄物商這一行每天都要動腦思考。在平時的生活中，我總是一邊改善不足之處，一邊想盡辦法處理好工作。我甚至還會向陪我已久的老時鐘和門簾發問。問他們我有沒有好好完成自己的工作。我並沒有犧牲奉獻，反而老是只顧著自己的事。包括讓客人感到喜悅也是，那都是為了讓自己的人生更加美好才去做的。」

原本滿臉困惑的文字記者似乎漸漸被老闆的話打動，開口說道：

「如果每個人都像你一樣，一心為追求自己的人生而活的話，大家或許就沒有陷他人於不幸的閒工夫，這個社會也會慢慢走向和平吧。」

對方取消標題的提案，拍完照片就離開了。

最後，雜誌上只登了地址和一張店門口的照片。還有一句話：「一天一百圓，歡迎寄放任何物品。」

由於內容實在太輕描淡寫，並沒有讓店裡增加多少客人。

【楽読 19】MR0019

國家圖書館出版品預行編目資料

奇蹟寄物商3 她的青鳥／大山淳子著；許展寧譯. -- 初版. -- 臺北市：馬可孛羅文化出版：家庭傳媒城邦分公司發行, 2021.03
面；　公分. --（楽読；19）
譯自：あずかりやさん 彼女の青い鳥
ISBN 978-986-5509-62-0（平裝）

861.57　　109022296

奇蹟寄物商3 她的青鳥
あずかりやさん 彼女の青い鳥

作　　者❖大山淳子
封面插圖❖teppodejine
譯　　者❖許展寧
封面設計❖陳文德
內頁排版❖HAMI
總 編 輯❖郭寶秀
責任編輯❖遲懷廷
協力編輯❖楊淑慧
行　　銷❖許芷瑀

發 行 人❖凃玉雲
出　　版❖馬可孛羅文化
104台北市中山區民生東路二段141號5樓
電話：(886)2-25007696
發　　行❖英屬蓋曼群島商家庭傳媒股份有限公司城邦分公司
104台北市中山區民生東路二段141號2樓
客服服務專線：(886)2-25007718；25007719
24小時傳真專線：(886)2-25001990；25001991
服務時間：週一至週五9:00～12:00；13:00～17:00
讀者服務信箱：service@readingclub.com.tw
劃撥帳號：19863813　戶名：書虫股份有限公司
香港發行所❖城邦（香港）出版集團有限公司
香港灣仔駱克道193號東超商業中心1樓
電話：（852）25086231　傳真：（852）25789337
E-mail：hkcite@biznetvigator.com
馬新發行所❖城邦（馬新）出版集團 Cite (M) Sdn Bhd
41, Jalan Radin Anum, Bandar Baru Sri Petaling,
57000 Kuala Lumpur, Malaysia.
電話：（603）90578822　傳真：（603）90576622
E-mail: cite@cite.com.my
輸出印刷❖前進彩藝股份有限公司
初版一刷❖2021年3月
定　　價❖360元

ISBN：978-986-5509-62-0（平裝）

城邦讀書花園
www.cite.com.tw